JN182442

引揚げ文学論序説

新たなポストコロニアルへ

Park Yuha
朴 裕河

人文書院

引揚げ文学論序説　目次

第Ⅱ部　各論

引揚げ文学論序説——新たなポストコロニアルへ

「引揚げ文学」を考える——序にかえて

1　引揚げの忘却

二〇一二年の一月、早稲田大学で「引揚げ文学を考える」という題で講演をする機会があった。講演では、韓国の学会誌で発表した論文「引揚げ文学論序説——戦後のわすれもの」(『日本学報』二〇〇九年一一月、韓国日本学会)の内容を元に話をした。遅ればせながら日本で報告する機会をいただいたのである。

講演には、一九三〇年代にソウルで生まれ育ったという実際の引揚げ者の方までかけつけてくださっていて、いささか緊張しながら話したのを覚えている。それにしても印象的だったのは、講演が終わった後、「そう言えば僕のお父さんも」「わたしのおばあさんも」引揚げ者だと、何人もの人が言ってきたことだった。さらに、そう言えばなぜ「引揚げ文学」に対する関心を持ってこなかったのだろう、と共感を示してくださった方たちもいた。

確かに、周りに一人や二人はそういう人がいるのは当たり前なくらい、日本の敗戦後にはそれまでの植民地や占領地から引揚げてきた膨大な人がいた。半分は兵士だったが、民間人を合わせるとなんと六五〇万人もの人々が戦後数年間の間に「外地」から「内地」に引揚げていたのである。この数は当時の人口からすると一〇パーセントに近い数である。原爆体験に比べてもはるかに大規模の集団体験だったと言えるだろう。

先の講演で私はその引揚げ者たちについての素描と、忘却の理由について話した。つまり、それだけの集団体験の「記憶」が、歴史学や社会学だけでなく文学分野でもあまり研究対象にされてこなかったことを指摘し、「引揚げ文学」と称することのできる文学の概括を試みたのである。

注意を促したかったのはその「忘却」である。つまり、世代や年齢によって差異はあっても、引揚げ者たちは誰もがそれまで「在満日本人」や「在朝日本人」として存在していたのであって、当然ながら程度は違えどもその痕跡を身体の奥に深く刻んでいた人々だった。しかしそれが、「戦後」において「公的記憶」となって残ることがなかったことを指摘したかったのである。

いわゆる事態としての「引揚げ」体験を書いた手記は、あの藤原ていの『流れる星は生きている』をはじめ膨大に存在する。にもかかわらずそれらに対しての戦後日本の学界の関心は十分ではなかったように見える。

もっとも、そのような「忘却」は敗戦後すぐに始まったわけではない。引揚げ者たちは植民地で得た財産と家族を失い、悲惨な体験の末に日本に帰り着いたが、帰ってきた日本でも食料不足やその他の理由も手伝ってよけいもの扱いをされた。身寄りのいる人でも必ずしも喜んで迎えられたわけではないし、住む空間を確保できなかった人たちは、各地の未耕作地へ移動させられた。つまり、新たな「開拓民」となったのである。現在日本の地方に存在する牧場や農場、果樹園の中にはそのような人たちが「開拓」した場所が少なからずある。おそらくそのような開拓地や都会の片隅やそれぞれの田舎への「定着」が終わった時から「移動の記憶」の忘却は始まったのであろう。

そして、敗戦によって、それまでの「帝国」のシステムと価値観をすべて否定する（もっとも、その中心だった天皇制はのこったが）ことから出発した「戦後日本」にとって「帝国」が糾弾の対象でしかなかったのも、それにかかわる体験が忘却されやすかったからだと考えられる。

むろん、「戦後」の植民地・占領地研究が戦後の日本になかったわけではない。しかしそれは、「反省」から出発した研究だったがために、被害国の状況について考えることはあっても、そこにおける加害者のことを考える余地はなかったように見える。また、植民地・占領地における政策・制度研究も、やはりその犠牲になる被植民地中心のものでしかないように見えるのである。そういう意味ではそれらの研究は「植民地」「占領地」を対象にしながらも、そこに生きた数百万にものぼる「日本人」の存在をきれいに消去したものだった。その結果として、敗戦後の「事件」としての「引揚げ」は言うまでもなく、それまでの、彼らの何十年にわたる日々のあり方には無関心なまま、ある意味では「当事者」抜きの植民地・占領地研究だけがわたしたちの前におかれることになったのではないか。たとえ扱われるとしても、その多くはエリートや権力層の人々でしかなく、市井に生きる人々の顔はそれらの研究からはあまり見えてこないのである。

その辺の事情はたとえば韓国も同じで、「解放」後の韓国における「植民地」研究も基本的な枠組みは日本と変わらなかった。つまり、そこで虐げられた「朝鮮人」研究、あるいは「抵抗」を貫き通した人々、さらにそのような構造がどのような苦しみを与えたのかに関する研究だけが中心で、「解放」までの時期に連動しているはずの「近代日本」研究さえもあまり行われてはいなかった。もちろん、その背景にあるのは、「日本」を研究対象にすること自体を否定的に見る認識である。そこにあるのは恥辱の時代を忘却してリセットしたい欲望であり、「植民地」をめぐって行われたのは被害の記憶を掘り起こすことだけだった。「植民地」に来ていた日本人については研究どころかその存在さえも公的記憶になることはなかったのである。おそらく、ひと頃まで韓国における「日本」のイメージが「巡査」に代表されるような貧弱なものでしかなかったのも、その結果なのだろう。

そのような、「当事者」たちの忘却は、帝国崩壊後の日韓の、意識しない共謀だったと言えるのかもしれない。そして、そのことこそが、帝国崩壊後の日韓が、お互いの内部に深く刻まれた、しかし目立たない「帝国の痕跡」に無関心なまま、あたかもはじめから別個の単一民族国家だったかのような顔をして歩みだすことを可能にしたと思うのである。何よりも、そのかすかな思いや記憶が刻まれた場所のほとんどは、手記を含む、ほかならない「文学」だっただけに、文学研究における無関心こそがそのような忘却に手を貸してきたとの思いをいだかざるを得ない。

2 「引揚げ文学」とは何か

三十年以上前、まだ学部の頃に『流れる星は生きている』を読んで、わたしは植民地朝鮮に多くの日本人がいたことはおぼろげに知ってはいた。しかしその後も特別に関心を持つことはなく、再び関心を持つようになったのは『水子の譜――ドキュメント引揚孤児と女たち』(上坪隆、社会思想社、一九九三)を読んだ時だったように思う。引揚げの時強姦などの被害に遭った女性たちがいることを知ったことは、以後「加害者の被害」の問題についても考える契機となった。しかしその後、彼女たちの悲惨な境遇が、自分の意志によるものでない妊娠を拒否するだけのものではなく、「帝国」の痕跡――内鮮一体や五族協和といったキャッチフレーズとともに推奨された異民族間の結婚――を消すことでもあったことに気がついて問題は簡単ではないことも分かってきた。しかも、なかには東京にはなお昭和天皇がもとの地位にとどまっていることを知り、「精神とモラル」の中心だったはずの天皇への失望が自堕落な生活へ導いた場合もあって、ことはさらに複雑なのである。

ともあれ、重要なのは、様々な「新しい出発」の試みのねじれた形と共に、その結果としてこぼれ落ちた記憶や存在が多かったことを知ることであろう。そのひとつとして、そのような事態に傷ついた子供たちやすでに生まれていた混血の子供たちをまずあげることができる。子供たちは、「帝国」の記憶をかすかに、あるいは色濃く身体内にとどめていた存在だった。しかし、少年たちも「帝国時代の忘却」を強いる「国民国家」の中を生きながら、しだいに「国民」化していったものと見える。

そうした中で、帝国時代の記憶にこだわり続けた人々がいた。わたしはその人たちを「引揚げ作家」に見いだし、その作品を「引揚げ文学」と命名してみた。[1] 彼らの多くは、引揚げ後も自らを「在日日本人」と認識し、自らの異邦人性を強く自覚していた。

なかでもその意識をもっとも強く持っていたのは、青少年期までの時期をかの地で過ごした結果として、植民地や占領地以外には「故郷」がないと感じていたひとたちである。

たとえば近年注目を集めてきた湯浅克衛などは、幼少期を朝鮮で過ごしてはいても、進学のために敗戦前に戻っていて、すでに敗戦前から作品活動を始めている。植民地の日常風景も多く描いていているが、湯浅が文字通りの引揚げ者たちと違うのは、「戦後」において欠落感と孤立感をいだく必要がなかったことである。そういう意味では湯浅の場合、日本からの「移動」は意味があっても、日本への「移動」はさほど大きな意味はなかった。

引揚げ者の文学研究がまったくなかったわけではない。『旧植民地文学の研究』（勁草書房、一九七一）を書いた尾崎秀樹など、自分自身も台湾からの引揚げ者だったこともあって、早くに「引揚げ」文学に注目していた。そして、一九七九年の「特別企画インタビュー・ルポルタージュ日本の〝カミュ〟たち」（『諸君!』一九七九年七月）というルポや、朝鮮出身の日野啓三と五木寛之による「異邦人感覚と文学」という対談（『文学界』一九七五年四月）を見る限り、そのような関心は一九七〇年代にはあったことが分かる。しかし、以後、このような関心が受け継がれることはなかったのである。しかも、記憶されていた間でも、引揚げ者による文学は「日本文学史のなかでは、まま子」(尾崎秀樹)でしかなかった。例えば、満州から引揚げた安部公房をめぐって、引揚げ者として見られることを安部自身が避けたとの指摘もあるが、そのような意識は「戦後日本」が作ったものなのだろう。そして「日本近代文学」関連のどの文献を見ても「引揚げ文学」という項目が見当たらないのも、その結果と思われる。

今日ではほとんど忘れ去られているが『朝鮮植民者』というすぐれた植民者論を残している詩人村松武司は、「引揚者」とは「植民者」と呼ぶべき存在をあいまいにした名称だと述べている。村松の言葉を参考にするなら「引揚げ文学」——「植民文学」はその「植民者性」のために「日本近代文学」の中で居場所を与えられなかったということになるのだろうか。もしそうだとすると、先も述べたように、そのことは「戦後日本」の中で引揚げが忘却されてきたことと同じ構造の中でのことだったたと言える。

そのような引揚げ者の文学者——植民地・占領地で生まれ育った人——に誰がいたのか。早い時期の人からおよそ年齢順に並べてみると、埴谷雄高、湯浅克衛、森敦、五味川純平、古山高麗雄、清岡卓行、安部公房、村松武司、小林勝、森崎和江、日野啓三、澤地久枝、梶山季之、後藤明生、五木寛之、生島治郎、池田満寿夫、宇能鴻一郎、三木卓、大藪春彦、天沢退二郎、別役実などがいる。このうち埴谷や湯浅は敗戦前に帰国していて、事態としての「引揚げ」経験はしていない。五味川は、言うまでもなく『人間の條件』というベストセラーを出した作家だが、その物語はある意味で引揚げできなかった軍人の物語でもある。右にあげたなかで古山高麗雄は敗戦時にはすでに成人になっていて軍人体験もあったが、のちに過去の「記憶」に強くこだわった作家という点では「引揚げ作家」群に入れていいのだろう。

そして典型的なのはやはり、まだ十代のうちに敗戦を経験し引揚げを「強制送還」(日野啓三)だと感じていた、小林勝(もっとも、小林は敗戦当時は、陸軍士官学校に通うために内地に戻っていた)以降の人々である。つまり、敗戦当時の少年少女たちこそが、「引揚げ文学」の主役なのである。

このほかに評論家として尾崎秀樹、山崎正和などがいる。名前が広く知られるには至らなかったが、林青梧(一九三〇—二〇〇七、朝鮮)は芥川賞や直木賞の候補に何度もあがっていた作家だった。さらに存命のドラマ作家として橋田壽賀子がいる。

よく知られているように中島敦も朝鮮体験をしているが、青少年期のみに限られ、やはり敗戦前に帰っているので文字通りの「引揚げ者」ではない。さらに、宮尾登美子、木山捷平、新田次郎、辻亮一、有吉佐和子も満州、東インド体験をしているが、多くは大人になってからの体験だった点で、さきに書いた人たちとは区別して考える必要があると思われる。

一九七一年に出ている「引揚げ者一〇〇人の告白」(『潮』一九七一年八月)というインタビューには、新田次郎、藤原てい、宇能鴻一郎のほかに、楳本捨三、宮本研、島田一男、原田統吉、潮壮介、大牟羅良、樫原一郎、中薗英助、椿八郎、森田雄蔵などが文学者として名を連ねている。つまり、知名度がそれほど高くない文学者のなかにも引揚げ者は少なからずいたのである。彼らの文学が、その後高く評価されることがなかったのが、作品の質の問題だったのかその他の理由によるものなのかも、今後見て行く必要があるだろう。

名をなしている作家たちの多くはデビュー作に「引揚げ」物語やその痕跡を残した作品を書いて

いる。しかしその後別の作品を発表していくにつれて、彼らを植民地体験と結びつけて考察する試みが消えていったのかもしれない。いずれにしても、その初期において繰り返し悲惨な引揚げ体験や植民地での日常を書き残していた後藤明生などが、「笑い」(『昭和文学全集』解説)の作家とされるのではあまりにも片寄った評と言うほかない。

その一方で、なかにし礼が、一九三八年生まれでありながら一九九九年に初めて『赤い月』を書いたように、「書く」までに長い歳月を必要とした作家たちもいる。集英社で刊行された『戦争×文学』の「朝鮮・樺太」シリーズに作品が入っている樺太出身の渡辺毅が、一九三四年生まれでありながら九十年代以降に東北・北海道文学賞を受賞するなど認められるようになったのもそのひとつのケースと言えるだろう。なお、この巻は森崎和江、後藤明生、小林勝のほか樺太からの引揚げ者の作品も収録していて、いくらか引揚げ文学集の体をなしてもいる。

いずれにしても、彼らの多くは表面上は帰ってきた「内地」という空間と「帝国崩壊後日本」の時間に同化しつつも「帝国」時代の記憶を保ち続け、「戦後日本」に対する違和感を抱き続けていた。ある意味で彼らは、戦後日本における精神的ディアスポラだったのである。

3 「日本近代文学」の組み替えは可能か

「引揚げ文学」を読みながら、そしてそのような視点からの研究がほとんどないことに気づきながら思うのは、これまでの「日本近現代文学」なるものが所詮「内地」中心文学ではなかったかということである。だからこそ、朝鮮や台湾を数十年にかけて支配しながらも、かの地の言葉や文化に関心がなかっただけでなく、日本語に「同化」させるような感性がありえたのだろう。たとえば柳宗悦のように朝鮮や沖縄やアイヌの「文化」を愛した人はいても、その「言葉」を愛し習得した人はほとんど見当たらない。そのような「文化への愛情」が政治的自立を認めない範囲でのものだったのはむしろ当然だったと言うべきかもしれない。

しかし、と思うのである。「引揚げ文学」のみならず、すでに「中国残留孤児」という存在が声をあげているが、朝鮮にも「残留孤児」は存在した。もちろん「内鮮一体結婚」や「五族協和」が産み落とした子供たちもたくさんいると考えるのは自然だろう。そのほとんどは「朝鮮」や「中国」の言葉で育っているわけだが、彼らの物語が発掘されたら（発掘されないにしてもその存在への想像力は必要だと思う）、そのとき、彼らの文学を読むべきは誰だろうか。言語の問題もあって、まずは中国人や韓国人になるはずだが、その読者として排除されるべきでないのは「日本人」＝「もと内地人」であろう。それを読むことは、「帝国」を築いて彼らを産み落とした、「もと内地人」の責任でもあるはずだ。

個人的なことだが、『夢十夜』や『道草』に導かれ、近代日本を知ろうとして漱石を研究することに多くの時間を費やしてきた。しかしその知性に感服しながらもついに尊敬するまでにいたらなかったのは、ひとえに漱石のアジアに対する視線にゆがみを見てしまったせいである。もっとも、そのことで漱石のすべてを否定するわけではない。しかしそれでも、漱石が「日本文学」としては読まれても、アジアのキャノンになりえないのは仕方のないことだと思う。[2] わたしの漱石批判

(『ナショナル・アイデンティティとジェンダー——漱石・文学・近代』)に対して〝文学に政治を導入〟したこととみなして難じた評者もいたが、文学はどのような意味でも政治から自由でありえない。それは、フェミニズムが「個人的なことこそ政治的なこと」と主張したことと軌を一にすることでもある。

自らの中に潜んでいる政治(支配へといたる様々な差異化への動力)に無自覚なまま内向していくばかりの「文学」の効用を疑いだした頃に出会ったのが、「引揚げ文学」でもあった。そこには様々な痛みが凝縮されていて、自己であれ他者であれ歴史に翻弄された人間の痛みを凝視する確かな目と耳が存在していた。そこであらためて「言葉の力」を信ずる気持にもなったのである。

ある意味で、「もと内地」文学は「内地人」による、「内地人」向けの文学だったと言えるだろう。そうであるかぎり、「内地」中心文学の多くが「もと外地」の人々にとってキャノンたり得ないのはあたりまえのことかもしれない。

ならば、「もと外地」、東アジアや東南アジアの人々にまで通用する「アジアの文学」たりうるものは何か。すでに、アジアのみならず世界文学になりつつある「日本文学」は数多くあるわけだが、その可能性を、わたしは「帝国」と「帝国後」を捉える「引揚げ文学」から見いだしたいと思っている。同時にそのことは、「外地」に余剰人口(とされた人々)を送り出しながら、帰って来たあとも彼らの思いと記憶を忘却の彼方へ追いやった「もと内地人」の後裔の引き受けるべき責任でもあるのではないか。しかも、彼らの痛みに関与しているのは「もと内地」だけではない。「引揚げ文学」は、「帝国」の構成員だった元植民地・占領地国家の後裔たちにもかかわりを求めている。

そしてその関わりは、安直な批判で事足れりとしている論ばかりが目立つ昨今のポストコロニアル批評の転換もせまるはずだ。その作業は、「内地」中心主義と混血文化の切断と「定住者」中心主義の上に築かれた、「日本近代文学」と「日本現代文学」の組み替えさえも迫るかもしれない。閉塞感ばかりが大きい「日本近代文学研究」に風穴を開ける可能性さえも夢想してしまうのである。

注

（1）その後、文献を読んで行くなかで、五木寛之が七〇年代にすでにその名称を使っていたことを知った。しかし、その言葉が、その後日本の文壇や学界に定着した痕跡はない。

（2）これを書いた後、漱石の別の側面に注目することになった。第二部の漱石論を参照。

第Ⅰ部　総論

おきざりにされた植民地・帝国後体験
——「引揚げ文学」論序説[1]

1　忘れられた「引揚げ文学」

日本の敗戦後、中国大陸や朝鮮ほかからいわゆる「引揚げ」をしてきた人の数は六五〇万人に及ぶという。[2]その半分は軍人たちで、残り半分が民間人であった。そのうち旧「満洲國」を含む中国地域から一〇〇万人、朝鮮からおよそ七〇万人が引揚げている。[3]この数は、短期間に共通の体験をした人びとの数としては膨大なものと言えるだろう。

しかし、戦後の日本社会において「引揚げ」のことが十分に注目されてきた形跡はあまりない。むろん、すでに成田龍一が指摘しているように、[4]ベストセラーになった藤原ていの自伝的エッセイ『流れる星は生きている』（日比谷出版社、一九四九）をはじめ、引揚げ体験は手記の形式を借りて数多く書かれ、何度かは注目されてきた。

しかし、その体験の重大さに比べて、「引揚げ」や「引揚げ物語」に関する日本の戦後の思想・

学界における注目度は、「終戦」や「原爆」などに比べるとあきらかに低い。『流れる星は生きている』や、〈引揚げ〈帰還〉できなかった〉元軍人の物語である五味川純平の『人間の條件』（一九五六―一九五八）などがベストセラーになることはあっても、「引揚げ」という集合的体験――植民地・占領地からの帰還――が学問的な考察の対象となることは最近まであまりなかったのである。たとえば、一九九〇年代以降に日本の政治・思想・運動界をゆるがした「慰安婦」問題は、現代日本社会に大きな衝撃を与え、「戦後」がいまだおわっていないことをあきらかにしたが、同じく植民地・占領地の「被害」体験である「引揚げ」が「内地」においてそのように受けとめられることはなかった。

おそらく、戦後日本において「引揚げ」が、一般に国民の物語になりやすい「受難」の物語でありながらも原爆物語と違って日本人の「公的記憶」にならないままなのは、まずはそれが植民者たちの物語であったことに理由を求めることができるだろう。すなわち「加害者としての日本」を含む物語は、戦前とは異なるはずの「戦後日本」では受けとめられる余地がなかったのである。〈引揚げ」の忘却〉という事態は、ひとことで言えば、「外地」からの引揚げ者たちが「内地」でおかれることになった複雑な地政学的・思想的・情緒的配置によるものだった。[5] とりわけ強調しておきたいことは、「引揚げ」とは、占領地や植民地との関係でのみ考えられるべきことではなく、「本土（＝内地）」との関係、さらに引揚げ者同士の関係をも考慮に入れて初めてその全容が見えてくるということである。すなわち、占領地や植民地に出かける前の「帝国日本」との関係、帰ってきてからの「戦後日本」との関係、さらに引揚げ者同士の関係を総合的に捉えて初めて「引揚げ」は理解しうる事柄なのである。(6) そして、そのような単純ならざる事態こそが、戦後日本において「引揚げ」が忘却されるにいたった主要な要因であったと私は考える。先取りして言えば、「本土」の人たちは、政策的には引揚げ者を迎え入れながらも、植民地・占領地に出かけた人びとに対して差別と軽蔑、哀れみの混じった複雑な感情を抱いており、そのような状況のなかで、「引揚げ」の経験を本土の人びとが記憶化し共有する余地はなかった。さらに、引揚げ者たち自身も、さまざまな理由から、引揚げ体験を語ることに積極的ではなかった。その意味では、「外地」の人びとと「内地」の人びとがともに抱えるようになったそのような心理こそが、「引揚げ」の物語を、国民の「集合的記憶」として定着させ、国民が共有できる「国民物語」たらしめなかったものと言えるだろう。

その複雑な関係のすべてをここで提示することはできないが、本稿は、とりあえず、このような事態のなかでやはり忘却されたに等しい「引揚げ文学」について、おおまかなスケッチを試みるものである。

「引揚げ」に対する無関心は、文壇・文学界においても例外ではなく、「引揚げ」との関係で考えるべき作品が少なからず存在するにもかかわらず、戦後日本の文壇や文学界は引揚げ者による文学に大きな関心を払ってこなかった。

たとえば後藤明生や日野啓三は、戦後・現代の文壇において高い評価を受けた作家であるが、彼らを「引揚げ」とのかかわりで考える試みはあまり見られない。現在流通している膨大な数の文学史や文学事典、そして研究書の類のなかにも「引揚げ」の項目は皆無で、そのことも戦後日本文学のなかで「引揚げ文学」が軽んじられてきたことを証明していよう。

もっとも、引揚げ体験や植民地・占領地での生活を題材とした詩・小説が多く現れた一九七〇年代後半までは、引揚げてきた作家たちの表現や問いかけの意味に対しては、わずかながらも注目が向けられていた。同時代の選評や座談などには「引揚げ」という言葉がたびたび登場し、彼らの植民地・占領地体験に関して真摯な関心を寄せる空気があったことが確認されるのである。

たとえば、尾崎秀樹は、五木寛之の「外地引揚派の発想」という文章に注目して、清岡卓行や生島治郎、梶山季之などに触れながら次のように述べている。

ではなぜ今日、このような時点で「外地引揚派の発想」が問題にされるようになったのか。これは一つには昭和一ケタ世代が、やっとその文学的な発言の場をもちはじめたということであり、さらにいうならば既成の文壇文学に対する新しいバイアスを、そこに求めようとする読者の要求と交錯するところから生れた声だといえよう。[7]（尾崎秀樹『旧植民地文学の研究』）

尾崎は引揚げ文学にきちんとコミットできた数少ない批評家の一人であったが、それも、おそらくは彼自身が台湾からの引揚げ者だったことに関係しているだろう。

一九七九年の雑誌記事「特別企画インタビュー・ルポルタージュ日本の〝カミュ〟たち」[8]も、「引揚げ」に対する当時の関心の伝わってくる企画である。これは、記者でもあった評論家本田靖春が、映画・漫画・文学などの分野における「旧植民地育ちの引揚者」一六人にインタビューし、まとめたものである。この企画でインタビュアーを務めている本田靖春も「やはり植民地で生まれた」評論家であった。

この企画は副題が「「引揚げ体験」から作家たちは生れた」となっていて、引揚げ体験が「作家」などの表現者の誕生と不可分の関係にあると強く意識されていたことが示されている。本田はここで（彼らが表現者になったことを）「偶然ということは出来ない。おそらくは、一人一人の深部に引揚げ体験が重苦しくわだかまっているのではないか。そして各自の表現は、取りも直さず、その「後遺症」であるに違いない」としている。先の尾崎同様、本田も「引揚げ派作家と呼ばれる人たちがいる」と書いており、当時は「引揚げ派」という概念で一定数の作家たちがくくられていたことがここからもわかるのである。

しかし、以後、このような尾崎や本田の関心が受け継がれることはなかった。つまり、彼らを旧植民地からの引揚げ者とみなして「日本の〝カミュ〟」と呼ぼうとする認識が戦後日本社会に根づくことはなく、彼らの植民地・占領地体験は、たとえ触れられるにしても「戦争」の枠組みのなかで論じられるにとどまることになるのである。

先の尾崎秀樹の言葉を借りれば、引揚げ文学は「日本文学史のなかでは、まま子[9]」のようなものとして扱われていたが、そこには「日本は敗戦後二十数年をへた今日でも、まだ旧植民地問題についての精神的決算書をまとめてはいない」と認識される程度には、転機の訪れる可能性は見出されていた。ところが、戦後日本において「アジアの中の日本の位置を、旧植民地という分光器にかけてとらえなおす必要は、文学の場合にかぎらず重要なこと」だったにもかかわらず、そのような尾崎の認識が、広く、重く受けとめられることはついになかった[10]。

とはいえ、本稿は、「植民地」体験の忘却とその背景にある意識を指摘し、そのことを戦後日本の限界として批判することを目標にしているわけではない。「引揚げ」は、けっして一様には語れない、多様で複雑な体験であった[11]。五木寛之や宮尾登美子のように「書く」までに長い時間がかかった作家がいたのは、その体験のつらさと複雑さを物語るものにほかならない[12]。重要なのは、そのような「遅延」と「忘却」を認識し、その背景を考察し、さらに、忘れられた「引揚げ文学」の声をいま一度聞くことであろう。本稿は、むしろその可能性を探るための試みである。

このような問題意識に基づいてまず、日本の戦後文学に植民地・占領地体験とその後の引揚げの体験を素材とした表現者たちの試みを「引揚げ文学」と命名し[13]、その概略について整理しておきたい。

対象としては、明治以降、朝鮮や中国などへ渡っていった日本人の子どもとして生まれ育ったか、幼少期に親とともに渡っていって、青年期の前後までをそこで過ごし、敗戦後に戻ってきた人たちを中心としている。

「外地」に渡った日本人たちの多くは、子弟が上級学校に進学する頃になると、彼らを「内地」へ送っていた。そのような子弟たちは、学校卒業後ふたたび占領地・植民地に戻るか「内地」に残るかの選択をすることになるが、いずれにしても家族はそのまま「外地」に残る場合がほとんどであった。すなわち作家本人が「引揚げ」を経験していなくても「家族の引揚げ」を経験しているケースは少なくない。あるいは家族の安否を案じていったん戻った後に一緒に引揚げを体験する場合もあった。

「引揚げ」関連手記や文学作品をひもといてまず気づくのは、これらの物語が、「日本」という主体の統合化に微細ながら決定的な亀裂を入れていることである。つまり、そこでは植民地の日常の記憶や、戦後日本への違和感とともに、植民地からもち帰った言葉や文化の「混交」の現場も語られていて、植民地・占領地返還後の「日本」がけっして単一の言葉・文化・血統を共有する「単一民族国家」ではありえなかったことが、そこからは見えてくるのである。

たとえば彼らは雑煮に納豆をまぶした「植民地雑煮」を食し（後藤明生『夢かたり』）、「お袋の味とは餃子」というような日常を生きていた。植民地で身に付けた食文化を維持していたのであり、それは少なくとも当事者たちの代では続いていた。さらに、「標準語」でありながらいくつもの国の人びとが使う型破りな日本語に加え、植民地の言葉をさえ含んでしまった、いわば「汚染」された「植民地標準語」（後藤明生）を話す存在でもあった。なによりも、「内鮮一体」や「五族協和」のキャッチフレーズのもとに行われた日朝・日中結婚の結果としての混血児たちの存在も、そこには見え隠れしている。目立たないながらも、そのような光景を描く「引揚げ文学」が、「まま子」（尾崎）扱いを受けたのはある意味では当然と言うべきだろう。

植民地・引揚げ体験を書いた作家たちがそれなりの評価を受けながらも、その作品を「帝国日本」とのつながりで考えるような動きがこれまであまりなかったのは、そのような言葉・文化・血の「混血性」が絶えずあぶり出されるジャンルとして、それらが成立してしまっていたからかもしれない。「引揚げ文学」は、「引揚げ」そのものの悲惨な記憶を忘却せんとする欲望に加えて、「帝国」政策の結果としての混血性を露わにし、新しいはずの「戦後日本」がほかならぬ「帝国後日本」でしかなかったことをつきつける存在でもあった。

2　少年・少女たちの引揚げ文学

先の本田のインタビューは、一九二八―三七（昭和三―一二）年の生まれの人にその対象をしぼっている。すなわち「敗戦・引揚げ体験をもろにかぶったに違いない、昭和一桁組」を中心とした詩人や作家、漫画家たちで、そのような体験が彼らの作品にさまざまな形で影を落としている点では、本田の人選はまことに的を射ていた。

本田は、その「敗戦・引揚げ体験」が彼らの「少年期」であったことにあえて触れてはいないが、本稿で彼らのことにとりわけ注目する理由は、彼らが植民地で生まれ育った少年や少女であったこと、つまり自らの意志とは関係なく、占領地・植民地に身を置かれ、かかわってしまったという、その微妙な「位置」にある。当然ながら、彼らの意識は自らの意志でかの地にやってきた親の世代（もっとも、「自らの意志」とはいっても、その多くは家庭・社会構造が強いたものだった。注11論文参照）とは、かなり異なった様相を示している。つまり、彼らにとっては良くも悪くも占領地や植民地が「故郷[14]」だったのであり、彼らの感受性は、程度は異なっていても植民地の風景や人びとによって培われたものでもあった。しかも、たとえば同じく植民地で育った兄弟のなかでも、上級学校進学のために敗戦前に「内地」に帰っていった年上の兄や姉たちともその思いは異なっていた。たとえば後藤明生は作品のなかで、母親や兄にとって帰国とは故国へ「帰る」ことを意味したが、自分にとっては「連れてこられた」（『夢かたり』ほか）ことになるとしている。つまり、植民地体験と「引揚げ」は、たがいに重なる部分を有しながらも、場所や年齢や環境によって、当事者一人ひとりの思いには大きな差があったのである。

周知のとおり、「引揚げ」は植民地化された「満州」や朝鮮半島・台湾だけでなく、東南アジアや太平洋諸島からも行われた。しかし本稿では、とりあえずその数がもっとも多かった台湾と朝鮮半島、そして旧満州地域のみを対象とする。

なお、在日朝鮮人の引揚げ者として李恢成（サハリンから）がいるように、「引揚げ」とは、単に日本人に限った事柄ではなかった。日本人の移動に押しあげられるような形で多くの朝鮮人たちも満州などに数多く移動しており、彼らの出身地への帰国もまた、日本人の引揚げとともに行われたのである。そういう意味では彼らの引揚げやその文学も、「引揚げ」を考える際には合わせて考察されるべきであろう。しかし、ここではとりあえず日本人を中心にその概略を示しておくことにする。

尾崎秀樹『旧植民地文学の研究』と同じ一九七一年に出た「引揚者一〇〇人の告白」（『潮』一九七一年八月）というインタビュー記事には、新田次郎、藤原てい、宇能鴻一郎以外にも、楳本捨三、宮本研、島田一男、原田統吉、潮壮介、大牟羅良、樫原一郎、中薗英助、椿八郎、森田雄蔵などが作家や評論家として登場している。つまり、知名度が高くない文学者のなかにも引揚げ者は少なからずいた。このような文学者たちを対象とする調査・研究も必要と思われるが、本稿ではある程度知名度を得た詩人・作家だけを対象とした。

最初に、占領地・植民地で幼少期・青少年期の大半を過ごした作家たちの名前、生年と出身地、占領地・植民地における最終学校、あるいはいた場所を推定しうる学校などを、生年の順に記しておく。

埴谷雄高（一九〇九、台湾・新竹生まれ。敗戦前の小学校五年のとき本土へ帰国）、湯浅克衛（一九一〇、幼少期に朝鮮・水原。京城中学）、森敦（一九一二、幼少期に朝鮮・京城。京城中学）、五味川純平（一九一六、中国・大連生まれ。大連中学）、古山高麗雄（一九二〇、朝鮮・新義州生まれ。新義州中学）、清岡卓行（一九二二、中国・大連生まれ。大連第一中学）、村松武司（一九二四、朝鮮・京城生まれ。電波兵器士官学校）、安部公房（一九二四、幼少期に中国・奉天。奉天第二中学）、小林勝（一九二七、朝鮮・晋州生まれ。大邱中学四年のとき陸軍予科士官学校に入学）、森崎和江（一九二七、朝鮮・大邱生まれ。金泉高等女学校）、日野啓三（一九二九、幼少期に朝鮮・大邱。後に京城・龍山中学）、澤地久枝（一九三〇、幼少期に旧満州・吉林）、梶山季之（一九三〇、朝鮮・京城生まれ。京城中学）、林青梧（一九三〇、朝鮮・平壌生まれ）、富島健夫（一九三一、朝鮮・京城生まれ）、後藤明生（一九三二、朝鮮・永興生まれ。元山中学）、五木寛之（一九三二、幼少期に朝鮮・論山。平壌中学）、生島治郎（一九三三、中国・上海生まれ）、池田満寿夫（一九三四、中国・奉天生まれ。長家口）、宇能鴻一郎（一九三四、中国・奉天）、三木卓（一九三五、幼少期に大連、新京）、大藪春彦（一九三五、朝鮮・京城生まれ。

新義州小学校[15]）、天沢退二郎（一九三六、幼少期に中国・新京[16]）、別役実（一九三七、中国・新京生まれ）、なかにし礼（一九三八、中国・牡丹江生まれ）。

このほかに評論家として尾崎秀樹（一九二八、台湾・台北生まれ。台湾帝国大学付属医学専門部中退）、山崎正和（一九三四、幼少期に奉天）、そしてノンフィクション作家として本田靖春（一九三三、朝鮮・京城生まれ）がいる。名前が広く知られるにはいたらなかったが、林青梧は芥川賞や直木賞の候補に何度もあがっていた作家だった。一九三〇年生まれの林京子も生まれてまもなく上海に移り住み、一九四五年敗戦直前に「内地」の学校に編入学している。彼女の場合、いわゆる「引揚げ」は体験していないが、彼女もまたまぎれもない「帝国の子供たち」には違いないので、事件としての「引揚げ」は経験していなくてもその原爆体験と植民地体験を重ねて考える必要もあると思われる。さらにドラマ作家だが存命中の作家として橋田壽賀子（一九二五、朝鮮・京城生まれ）も記憶にとどめるべきであろう。

中島敦、宮尾登美子、木山捷平、新田次郎、辻亮一、有吉佐和子も朝鮮や「満州」や「東インド」を体験しているが、大人になってからの体験だったり、数年間の滞在だけで敗戦前に帰ってきたケースであり、本稿の考察の関心とはずれるのでここでは触れない。

植民地・占領地で育った作家のうち、湯浅克衛、森敦は敗戦前に本土に帰って成人になった世代として作品活動を開始しているが、ここにあげた文学者たちのほとんどは成人になった戦後に活動を始めている。以下、その文壇デビュー時の活動を簡単に整理しておこう。

埴谷雄高は、敗戦直後の一九四六年に平野謙や荒正人とともに『近代文学』を創刊し、同じ年に『死霊』を連載しはじめた。安部公房は一九四七年に『無名詩集』を自費出版し、一九四八年に満州体験を背景においた『終りし道の標べに』を出している。五味川純平は四〇歳になった一九五六年に『人間の條件』を出してベストセラー作家となった。梶山季之は一九五二年に朝鮮における創氏改名の問題を扱った「族譜」を含む作品集を自費出版し、小林勝は「フォード・一九二七年」(一九五六)で芥川賞候補になっている。森崎和江は、一九五八年に筑豊の炭坑町で谷川雁らと文芸誌『サークル村』を創刊して活動した。林青梧は、一九五八年に敗戦直後の緊迫した状況を描いた「第七車輛」で芥川賞候補になっている。江戸川乱歩の推薦で作品を雑誌に掲載したこともある大藪春彦は、一九五八年にいわゆる「伊達邦彦シリーズ」の連載を始めるようになる。

こうしてみると、「引揚げ者」の文学は戦後の早い時期から出されていて、なかでも五味川純平、梶山季之、林青梧、そして小林勝はすでに五〇年代に占領地・植民地・引揚げ体験を作品化していたことがわかる。

しかし、植民地・占領地で少年時代を過ごした人びとによる作品群が集中的に出て評価もされるようになるのは、一九六〇年代以降だった。

というのも、一九六八年には別役実が『マッチ売りの少女』『赤い鳥の居る風景』で岸田國士戯曲賞を受賞し、一九六四年にデビューした生島治郎は一九六七年に『追いつめる』で直木賞を受賞している。村松武司はすでに五〇年代に出した『詩集 怖ろしいニンフたち』につづいて、一九六〇年に『朝鮮海峡』を出し、六五年にはあらためて『詩集 朝鮮海峡・コロンの碑』を出した。五木寛之も、一九六六年に「さらば モスクワ愚連隊」で小説現代新人賞を受賞し、一九六七年に「蒼ざめた馬を見よ」で直木賞を受賞している。この作品は、後述するように、引揚げ体験を目立たない形で挿入している作品でもあった。後藤明生は一九六七年に「人間の病気」で第五七回芥川賞候補になり、以後三回候補となっている。

一九七〇年には古山高麗雄が「プレオー8(ユイット)の夜明け」で、前回に清岡卓行が「アカシヤの大連」で、ともに芥川賞を受賞している。サハリンからの引揚げ者、李恢成がサハリンを舞台とした「砧をうつ女」で芥川賞を受賞したのも一九七二年のことだった。ただし、李は朝鮮人であり、「国籍国家への帰還」という意味での「引揚げ」には該当しないので、ここでは省いておく。

一九七一年には、日野啓三が引揚げ前後の朝鮮での体験を書いた小説集『還れぬ旅』を刊行し、一九七四年に『此岸の家』で平林たい子文学賞を、一九七五年に「あの夕陽」で芥川賞を受賞している。すでに一九六七年に詩集『東京午前三時』でH氏賞を受賞していた三木卓は、一九六九年に、初めての長編小説として児童向けの『ほろびた国の旅』を出し、一九七三年に、『砲撃のあとで』に収められる小説「鶸(ひわ)」(一九七二)で芥川賞を受賞した。一九七四年には、彼らよりはるかに年長の森敦が芥川賞を受賞している。画家としての美術活動を五〇年代後半から始めていた池田満寿夫は、一九七七年に「エーゲ海に捧ぐ」で芥川賞を受賞している。安部公房は、一九五七年に出していた「けものたちは故郷をめざす」を再び刊行していて、その背景にはこうした六〇年代からの動きがあったことも考えられる。

評論家の尾崎秀樹も一九六三年に評論集『近代文学の傷痕』のなかで植民地文学の問題を考察し、

「引揚げ文学」関連研究書では最初のものとなった。翌年に山崎正和は『世阿弥』で岸田國士戯曲賞を受賞し、本田靖春は『私のなかの朝鮮人』を一九七四年に出している。そしてその五年後の一九七九年に、本田は先のインタビューでインタビュアーを務めることになるのである。

こうしてみると、植民地出身の「青少年」たちの活躍はある意味では戦後たえまなくつづいていたとも言えるだろう。わけても、一九六〇年代半ばから七〇年代の半ばまでのおよそ一〇年の間に、占領地・植民地出身の人びとが次々と登場し、評価も受けていたことがわかる。先の李恢成を含め、受賞にはいたらなかったが、この時期に在日作家の金石範、金鶴泳も何度か芥川賞候補にあがっているることを考え合わせると、引揚げ作家と在日作家の登場の時期はほぼ一致していたとも言える。

とはいえ、文壇は、彼らが引揚げ者であることにことさら注目していたわけではない。村松武司は日韓基本条約が結ばれた一九六五年に『朝鮮海峡・コロンの碑』などの詩集を出して、日本が元植民地と新たな関係を結ぶにあたっての複雑な心境を描いていたが、そのような作品はほとんど注目されなかった。評価された作家たちにしても、必ずしも「帝国」やその終焉とのかかわりにおいて論じられたわけではない。たとえば後藤明生が「内向の世代」とくくられていたことが示すように、彼らを「歴史」のなかにおいて考える試みはむしろ希薄だったと見るべきだろう(17)。引揚げ文学が提示した政治的意味と問題がきちんと受けとめられることはなく、逆に「政治に無関心な世代の登場」といった枠組みでのみ捉えられていたのである。

その後もこの枠組みは変わらず、たとえば日野啓三の作品を語る際には「廃墟」（川本三郎による「解説」、『昭和文学全集30』小学館、一九八八）、後藤明生については「笑い」（三浦雅士による「解説」、同上）がその特徴としてあげられている。そのような捉え方は間違ってはいないにしても、結果としては引揚げ者としての体験を無化するものとして働き、その後の「忘却」に一助をなした。日本の「戦後文学」は、帝国の最後の子どもたちが残した文学をその歴史的意味合いにおいて正面から受けとめ、考察の対象とはしなかったのである。
もっとも、引揚げてきた作家がみな必ずしもその体験を書いていたわけではない。たとえば埴谷雄高は大岡昇平との対談で次のように語っている。

「（台湾で）最高に悪いやつは日本人である、日本人であることはとても耐えがたいこと」「そのために、あなたみたいに日本そのものの事実を書く気になれなくなってしまった。僕は妄想と言ってるけど、最高に美化した日本人だけを書こうとしてるわけなんだ」（『埴谷雄高作品集15』河出書房新社、一九八一、二四四頁）

この発言は、植民地から帰ってきて作家になった人たちのすべてがその体験を書くわけではなかったことを教えてくれる。さらに、書かないことが必ずしも植民地問題に関心がなかったことを示すわけでもない。そういう意味で、引揚げ者による文学は、体験も多様であれば表現のあり方もさまざまであった。

3　定住者の権力と転倒された差別

すでに知られているとおり、引揚げ者のなかでも旧満州地域と朝鮮の北側にいた人たちは、突然ソ連が参戦してきたため、他の地域の引揚げ者にくらべてはるかに凄惨な体験を余儀なくされた。彼らは、米軍によって日本人保護政策が採られていた朝鮮の南部とは異なって、暴力や強姦、飢え、伝染病、酷寒、集団自殺などの極限状況を経験し、そのさなかで多くの人が命を落とすことになる。[18]朝鮮の平壌から引揚げた五木寛之が、一九七〇年、三島由紀夫の死に際して「私は質の死にあまり関心がなく、敗戦のあの時点から引揚げの過程で見た量の死にずっと関心を持ちつづけてきた」（「作家の日記」）と語っているのは、その凄惨さを語ってあまりある。

たとえば五味川純平は一九四三年に満州で現地召集され、ソ連軍と交戦し、部隊の壊滅状態のなかで生き残った体験をしている。敗戦を二九歳で迎えるが、引揚げてきたのはそれから三年後のことだった。古山高麗雄は、一九四二年に召集されて、一九四三年からビルマ、雲南省などで戦闘を経験するが、捕虜収容所の仕事をしたために敗戦後は戦犯容疑者としてサイゴン刑務所に送られ、一九四七年に日本人収容所に移される体験をしている。安部公房も、奉天（現・瀋陽）に帰省していた際終戦を迎え、医者だった父親を伝染病で失っている（五木寛之や後藤明生など、引揚げ文学者の多くは、一般の引揚げ者の多くがそうだったように敗戦直後に肉親の死を経験している）。

清岡卓行は進学のために敗戦前に「内地」に戻って第一高等学校と東大に入学していたが、敗戦の年（二三歳）に大連に帰省して敗戦直後の貧乏生活を経験した末、舞鶴に引揚げている。日野啓三は三八度線以南の京城（現・ソウル）にいたため満州や北朝鮮ほどの厳しさは経験していないが、父の郷里の広島に引揚げてから山畑を耕すような体験をしている。後藤明生は、北朝鮮の元山中学一年のときに敗戦を迎え、引揚げの途中、祖母と父を伝染病で亡くし、自らの手で埋めた経験をしている。さらに母や妹たちとともに、夜の三八度線を歩いての逃避行も経験している。「量の死」発言をした五木寛之は、突然ソ連兵が家に侵入し、病気の母親を床ごと庭に投げつけられ、その際無力だった父親を生涯許せずに不和を通した（『運命の足音』）。その後母親は死に、わずか一三歳の五木少年は、母親をリヤカーに乗せて共同墓地へ運んでもいる。さらに引揚げの際、日本人の「赤ん坊を引きとってくれる相手を探し」、「朝鮮人のおばさんに、その話をもちかけた」（同）ともいう。大藪春彦は、引揚げの際、「暴力」を目にし、一九四六年に闇船で引揚げた体験をした。そのような暴力体験は、のちに大藪の小説の主調音ともなる。

三木卓は、一〇歳のときに新京で敗戦を迎え、空き家で暮らしながら街頭でタバコ売りをする体験をもち、この間やはり父親と祖母を亡くしている。なかにし礼も、敗戦直後に父親を亡くし「死体を山積みにしたトラックに積みこまれ、ハルビンの郊外へ運び去られてしまった」体験をしている[19]。別役実は、八歳のとき、新京でソ連軍占領下の飢えや恐怖を経験、父親を亡くした。一九四六年に母や兄弟たちとともに引揚げたものの、高校卒業まで全国を転々とするような体験をしている。なお、評論家の山崎正和も一九四六年に奉天で父親を亡くしている。

このように、植民地・占領地の少年・青年たちは、貧困、肉親の死、逃亡、飢えなど、多くの引揚げ者たちが経験したことを同じく経験していた。そのような過酷な経験を彼らが自らの「原体験[20]」とするのは不思議ではないだろう。

そのような「原体験」をもつ「明太の子[21]」（＝朝鮮生まれの朝鮮育ち）たちが日本に帰ってから出会った「祖国」における「内地」体験や認識はきわめて複雑なものだった[22]。それは、劣等感と優越感の入り混じったものであり、以後彼らは日本における「異邦人[23]」としての自己認識を育てていくことになる。

彼らが帰国後に最初に感じたのは、それまで観念的に注入されてきた「祖国」の、想像と期待とは違っていた、失望の混じった驚き、それにともなう優越感であった。

ところが、われわれは裏切られたのである。最初の驚きは、朝鮮人のように働く日本人がいるということであった。〔……〕日本人も他人の物を盗む――この驚きは大きな衝撃であった。（本田靖春[24]）

帰って来ていちばん驚いたのは、日本にも労働者がいるんだと。（尾崎秀樹）

上陸したときだって、おれ、日本はずい分汚ねえところだなっていう印象しかないもの。まずトイレがひどいよね。水洗じゃないんだから。おれ、汲取り式なんていうの、想像もしてなかったからね。（生島治郎）

転入したのが世田谷の中学校だったせいで、ひどく遅れたところへやって来たという、かなり大きな落胆があった。〔……〕京城の私の卒業した小学校でさえ、堂々たる鉄筋コンクリートの三階建てだったのである。〔……〕地つきの家庭の子弟たちは、風貌からしていかにも野暮ったく、すでに多くの人たちによって語られている閉鎖性を露骨に私に対して示した。（本田靖春、傍点引用者）

それまで「手を汚す仕事はもっぱら朝鮮人」（本田靖春）であるような環境で育った少年たちが「水道も電灯もな」[25]い田舎に引揚げて来て、「植民地育ち特有の優越感」[26]を覚えたのはむしろ自然なことであった。彼らが住んでいた植民地や占領地は、近代の実験的な経営の結果として本土より文明化された設備を備えていたのである。植民地の少年たちは、「内地」＝「本土」への同化意識を強化するような教育を受けていたので（たとえば、朝鮮では本籍地の住所を暗誦することが、中学の入試問題にもなっており、教科書に載っている伊勢神宮、富士山などは「外地」の人間でも同じく「日本人」であるとの意識を植え付けるには欠かせない教育材料であった。後藤明生や小林勝の作品はそのようなことにたびたび触れている）、いまだ見ぬ「内地」に対しては強い憧れをもっていた。そこで日本の豊かな木々に驚き、愛国心をかき立てられたゆえに、失望もまた大きかったのである。

しかし、まもなくそのような優越感は劣等感に変わる。

植民地生まれには内地に対する強い憧れがあって、イマジネーションの世界は純化される一方である。〔……〕実際の生活面でも日本人は一段高いところにいて、手を汚す仕事はもっぱら朝鮮人がすることになっていた。つまりは支配者である。だが、そういうわれわれの上位に、別の人種がいる。それが内地の人たちであった。（本田靖春）

ぼくらが学校へ入って行くと、日本は食う物ないのに、お前らまで帰って来た、とほかの子供にダイレクトにいわれるわけですね。そうすると、あ、本当にすまないな、という感じはするわけです。（三木卓）

このように、六〇〇万人以上の人びとが一斉に帰国してきたことを本土の人たちから「ムダめし食いの連中が帰ってきた[27]」と受けとめられたことに気づき、引揚げ者たちは深く傷つくことになった。

しかも、そのような差別は、単に貧乏という要因のみに向けられていたのではなかった。引揚げ者たちが使用していた「言葉」もまた、彼らの異質性を際立たせ、本土の均質性に亀裂を入れるものとして差別の対象となっていたのである。

〔母の実家のあった奈良県に行って〕そうしたら言葉が通じなくて、朝鮮人、朝鮮人っていうわけですよ。関西弁ですからね。（赤塚不二夫）

地方から出て行った人が多かった親世代と違って、引揚げ者・子ども世代はいわゆる「植民地標準語」（後藤明生）で教育されていた。しかも、教科書は標準語でも、親たちの方言と学校での標準語、さらに植民地の人びとやそこに来ていた他民族が使うピジン的日本語と植民地言語のなかで、彼らは「どうも日本語に自信がない」（後藤明生『夢かたり』）状況で育っていた。父親を「おとうさま」と呼ぶような奇妙に上品な「標準語（＝植民地弁）」の日常を生きた引揚げ少年・少女たちの多くは、そのことによっても差別されていたのである。

そのことは、「おれが喋ることが通じない人間がいるのが当り前だと思っている世界と、そんなのいるはずないと思っている世界とは、かなり違う」との認識を作り出し、わけてもそのような閉鎖性が強かった日本社会や田舎の閉鎖性を強く意識する心情をも育てていた。

大藪春彦は、「青空闇市場へ行ってかっぱらっちゃ、捕まったときには殴られ」た体験を語りながら、「ところが、日本へ帰ってみると、それどころじゃない」、「言葉がだいたい違」う世界で「転校するごとにチェーンで殴られ」たと書いている。「そのうちこっちもドス持って。最初にいっぱつやっておかないとやられますからね。ほんとに血まみれで闘って、やっと生き延びました」と言う。日本社会の差別と暴力が引揚げ少年・少女たちの暴力性をも育てていったことがわかるのである。

「方言が物凄く強い」田舎で「お前のいうことはよくわからない——それでずい分いじめられた」とする、漫画家、赤塚の言葉は、戦後日本において、「田舎」といえども「内地」人としての中心意識を共有しており、その上での周縁差別、つまり外地差別や引揚げ者差別があったことを教えてくれる。しかも、植民地・占領地の都市部の多くが本土の田舎より文明化されていたことを考え合わせると、このような差別の構造のねじれも見えてくる。すなわち、植民地に対する帝国の差別意識は「文明化」された側としての優越感に支えられていたにもかかわらず、そのような差別構造が、「内地人」と引揚げ者との間では必ずしも成立していなかったことがわかるのである。そこでは文明度よりも定住者としての権力が発動され、引揚げ者たちは都会・田舎といったそれまでの差別構造を超えたところで差別されていた。引揚げ者の成績が「上位」（後藤明生）だったことも、占領地・植民地の文明度を暗に示すものだったが、それは引揚げ者たちのひそかな優越感を支えはしても彼らの居場所を作るほどの功はなさなかった。そこで彼らは「わざと負ける」（同）ような屈折した選択をくり返しつつ、「本土」の人びとに表面的に同化しながら「帝国後日本」を生きていくことになる。

引揚げ者が差別された原因については別稿でも述べたが[28]、目立つ原因のひとつとして彼らの貧困をあげておくことができる。引揚げ者のほとんどは、それまで築いてきた地位と財産、さらに家族を含む「人」的財産をすべて失い、結果として総体的に「貧困」に陥った。彼らの多くは、近代日本の国策としての海外移住政策に乗せられて国外へ追われていった貧しい人びとだったが[29]、戻ってきた後も依然として貧乏で、物資の足りない戦後日本ではお荷物な「余計もの」でしかなかったのである。

そこで引揚げ少年・少女たちは、支配者であり、世界と呼吸する〝文明〟都市出身者としての誇りや優越感を胸に抱きながらも、帰ってきた「祖国」としての「戦後日本」では、「適応不全意識」（本田靖春）と言われるような劣等感に悩まされることになる。長い歳月を、「心の底の泥」（日野啓三『此岸の家』八三頁）のなかで、ときとして「リューマチ」（森崎和江『こだまひびく山河の中へ――韓国紀行八五年春』、朝日新聞社、一九八六、八頁）のような痛みを鋭く感じる身体をかかえつつ、帝国崩壊後の日本を生きてきたのである。

4　記憶の抑圧と封印

植民地・占領地体験をともなう引揚げ体験は、必ずしも簡単に語りうる体験ではなかった。むろん、手記などが膨大に存在することは確かだが、だからと言ってそのようなもののすべてが語るべきことがらをすべて語っているとは言えない。なんらかの言葉を紡ぎながらも、いざ話すべき、話したいことが語られてないこともありうるからである。

たとえば、以下の一節はそのことをめぐる心理的抑制の存在を気づかせてくれる。

わたしは礼をいうと、そのまま待合室を通り抜けて、駅前の様子を一渡り眺めました。駅員の教えてくれた橋は見えませんでしたが、駅前はタクシー乗り場とバス停を兼ねた広場になっており、目の前に真直ぐ広い道路が走っています。その道路を行けば、たぶん橋につき当るのでしょう。広島に原子爆弾が落とされたことは、お父さんもご存知でしょう？　もっとも当時は、特殊爆弾とかいわれていたようですが、現在、広島の人たちは原子爆弾のことを、「あれ」と呼んでいるそうです。横川附近が果してその原爆の被爆地であったのかどうかさえ知らないわたしにも、その気持ちだけはわかるような気がします。原爆は現在では世界とか人類とかの問題として、議論されておりますが、誰にでも、「あれ」としか呼びようのないもの、「あれ」としか名づけたくないものは、あるだろうからです。原爆を「あれ」と呼んでいる人達の気持ちがわたしにもわかるような気がするというのは、そういった意味です。お父さんにも「あれ」がありますか？　それとも、もう「あれ」などというものはお父さんとは縁無きものなのでしょうか？（後藤明生「父への手紙」『思い川』講談社、一九七五、一二三頁、傍点引用者）

「あれ」という言葉は、具体的な表現を拒んでいる。ここで言われる「あれ」が植民地体験全体ではなく事件としての「引揚げ」を指していることはあきらかである。そして、引揚げの際に見聞きしたこと、恐怖、悲しみ、寂しさ、絶望、さらにそれらをめぐる醜悪な欲望の模様は、語りえない、表現の域を超える体験だったとも言えるだろう。そうであるからこそ彼らは「世界とか人類とかの問題として議論」されることに抵抗を感じたはずだ。それは個人の体験が「世界とか人類とかの問題」となるような「歴史化」を拒む意識であり、表現しないことでしか「表現」しえない体験へのこだわりでもあった。

たとえば、五木寛之が直木賞を取った小説「蒼ざめた馬を見よ」（『別冊文藝春秋』第九八号、一九六六年一二月、『五木寛之小説全集1』講談社、一九七九）は、そのような、語ることの不／可能性について考えさせるテクストとしても興味深い。

「——あれは、何の音だ」

「誰かが階段のバケツをけとばしたのよ。一階まで落ちて行ったらしいわ」

鷹野は大きな息をついた。そして、起ち上ると、テーブルの上のブランデーをコップに半分ほどついで、一息にあおった。

椅子に腰をおろし、もう一杯ついだ。オリガは床に寝転んだまま、そんな鷹野をじっとみつめていた。

「あの音は嫌いなんだ」

と鷹野は言った。「バケツを叩く音を聞くと、たまらなくなる。いやなことを思い出すんでね。変な話だが」

鷹野はそれを振りはらうように、顔を反らしてコップをあおった。だが、やはり駄目だった。

〈焼き日ですよう〉

とあのいまわしい声が、ふっときこえた。彼はその間のびした声と、バケツを叩く音から、いまだに逃れられないでいた。あれから二十年ちかい年月が流れている。だが、時間の淵をひと跳びにして、その声はやってきた。

それは日本が戦争に敗れた一九四五年の冬、発疹チフスの発生した北鮮の邦人収容所で、毎週月曜日の朝、火葬当番が各棟の間を叫んで回る奇妙な挨拶だった。当時、十二歳だった鷹野とその家族は、敗戦と同時に延吉から南下して、その街で長い当てのない冬を過していたのである。
（五木寛之「蒼ざめた馬を見よ」前掲全集、二〇七―二〇八頁、傍点引用者）

日本とロシアを舞台に、一種の推理小説の形式を取っている五木のこの若き日の小説において、主人公が「バケツの音」に悩まされることは、ストーリー展開上、さして重要な伏線になっているわけではない。主人公を心を病む人物として設定するだけなら、家庭内暴力や失恋の話でも十分その役割は果たしたであろう。

ここで主人公を苦しめているのは、まさに引揚げの際に見た光景である。しかし、この作品はそのことをとりわけ強調して書いているわけではない。体験としては書きながら、それがどういう体験だったのか、なぜこういうことがあったのかに関してはいっさい説明がないのである。

つまり全体のストーリーからすると、ここにおける「引揚げ」の話はほとんど目立たないと言ってもいいくらいだ。しかし、それでもこのように書いてしまったというのは、作者のなかで「物語化」を拒んでいる体験であったことを語っていよう。

だからここはこれを耳にとめてくれる「聞き手」を想定しているわけではない。そのようなことを期待したのなら、数十年経ってから語りだしたように、前後の関係を筋道をつけてきちんと「物語」にしていたであろう。

つまり、ここでの語りは「語っていながら語っていない」とも言える。つまり語ることの不／可能性が書かれているのである。引揚げ体験は、当時の五木にはまだ物語化できないような体験で、た。「物語」と「歴史」との間でたたずんでいたことになる。それは、後藤における「あれ」でもあった。

「引揚げ」とは、このように、語ることの不／可能性を現してしまうものだった。しかも、書くこと＝表現をめぐる格闘は、単に「引揚げ」に限ることではなかった。生まれ育った植民地の記憶について、たとえば後藤明生は次のように語っている。

戦争が終ったとき、わたしの少年時代は終りました。そしてわたしは、同時に「生まれ故郷」を失ったわけです。つまりわたしたちは「生まれ故郷」を追放されて、「祖国日本」へ引揚げてきたわけです。（中略）確かにわたしは、日本人であるという理由によって、二十七年後のいまもなお、「生まれ故郷」から拒まれているのかも知れません。しかし、「生まれ故郷」についてのわたしの記憶だけは、誰も拒むことはできないはずです。（後藤明生「父への手紙」、傍点引用者）

「少年時代は終った」とは、単に年齢のことを指しているのではない。それは、もはや「少年」に甘んじていられる甘美な時代が終わった、ということであろう。それは、「少年」の思い出の背景となる空間が失われてしまったからにほかならない。すなわち「追放」と「「生まれ故郷」から拒まれている」という拒絶ゆえのものだ。しかし後藤は実際には、群を抜く緻密さで植民地の風景と人びとの記憶を書き残している。そしてそのような、「記憶の追放」にあらがうことは、植民地の〈定住者中心主義〉をあぶり出すものにもなった。

後藤は、「懐しいと言ってはならぬ」として、甘い記憶と表現を極力抑制した小林勝と違ってくり返しさまざまな記憶を振り返り書き残し、「語る」ことの可能性と権利を主張した。それは、帝国・植民地の記憶を封印し忘却しようとする日本と朝鮮の「定住者」の抑圧に対抗することでもあった。そしてそのように定住者の共通の記憶に亀裂を入れることで、「非定住者」の感覚を維持しつづけていたのである。

後藤は、次のような興味深い発言をしている。

面白いのはね、引揚者が二通りになるんですね。つまり積極的にというか、友達をつくって同化して行こうというグループと、それから標準語を守って、本当につながった二、三人の引揚者だけでかたまっているのと、この二通りに分れましてね。(30)

後藤は、はじめは「同化」しようとして結局はやめてしまった経験を話しているが、実際には「記憶」では同化しなかった。そして、後藤が語るところの「同化」に、引揚げ者の「戦後」を解く鍵が存在する。つまりその「同化」の形や深さによって、引揚げ者はさまざまな形で帝国後日本を生きることになったからである。そして作家となった人の多くは、「初めからわりにさめた傍観者というか、観察者という感じで、日本の社会へ入って来た」とする澤地久枝や、「おれは違うんだなあ、招かれざる人間なんだなあ、と。この実感は、三十何年たってもなくならないね」とする尾崎秀樹の感覚を共有するものだった。つまり、彼らは表面的な「同化」いかんにかかわらず「招かれざる人間」としての疎外感をもとに、「傍観者」「観察者」たろうとしたのである。

本土に引揚げてきたのではない。本来の土地を追われて異郷に強制送還されたのだ。魂の中の母親的なものの現実的な対応物を奪われ、消されてしまったのだ。〔……〕どうしても違和感を感じまして〔……〕自分の中の小鳥をひねり殺した気がしますね。そのときに、自分の中の人間らしい感情のある部分を殺したって気がしてしようがない。〔……〕そうしなければ生きて行けなかった。（日野啓三）

「自分の中の小鳥」とは「魂の中の母親的なもの」をおいてきた故郷にほかならない。そこを「追われて」きて「現実的な対応物を奪われ」た少年・少女たちが、「本来の土地」ならぬ「異郷」で、居場所を見出せずに浮遊するであろうことは想像に難くない。しかしそれでも「祖国」のなかで生きつづけるためには「自分の中の小鳥をひねり殺」すほかなく、彼らはいわば母親を失った孤児のようなものになるほかなかった。彼らが「異郷に強制送還された」存在だったということは、引揚げ少年・少女たちが、戦後日本における精神的ディアスポラにほかならなかったことを示す。「帝国」＝支配する側もまた、ディアスポラを生むのである。

「戦後三十四年も経て、私はこの風土に根づいたという感覚を、いまだに持てない。〔……〕自分がこの国の人たちと、かなり異質だという認識を捨てることが出来ない」（本田靖春）と吐露させるような違和感の根源はここにある。さらに、「よくばりの農民に対しては憎悪を抱いている」とする別役実の言葉は、ナショナリズムを支えてきた農本主義の主体＝「農民」たちが、ほかならぬ「定住者」の中心的存在だったことも示す。

引揚派は地元から拒絶される一方で、自分からも〝おりた〟ところがある。地方にいた人にはとくにその感じが強い。そして、そこには、植民地育ち特有の優越感が働いている。〔……〕おりたのは、文学書に親しんだのがきっかけであった。小説でも書こうというのは、まぎれもなく、通常の競争をおりた人たちである。作家に引揚者が多いのは、いまさらこと新しくいうことではないのかも知れない。（本田靖春）

「引揚げ」体験を経た少年少女たちを「書くこと」にせき立てたのは、ひとえに、そのような「定住者」の世界に対する違和感、優越感、劣等感、引け目、不遇感に基づく、外部者、余計者としての自己認識を進んで受けとめる「非定住者感覚」だった。日本人を「原住民」（別役実）と眺め、自らを「在日日本人」[31]と認識させ、書くことを、「下宿料」（本田靖春）を支払う行為として認識させていたのは、「戦後日本」の定住者中心主義だったのである。

それにしても、「祭り」などに感情移入せず、「漬物は、何カ月切らしても一向に欲しくならない」（本田）との感覚をもちつづけて「日本の伝統的なものって、ぼくの中には何もない」（池田満寿夫）と言わせていた感覚は、「日本自体が変化しなければいけなかった」[32]（後藤明生）とする期待を満足させるものだったかどうか。いずれにしてもその射程のなかに「引揚げ文学」の可能性の有無はあるだろう。

三木卓は、初めての長編童話のなかで次のように語っている。

こうして、ぼくは知っています。楊(ヤン)が撫順(ぶじゅん)で技師になっていることも、白系ロシア人の女の子のアンナがソビエトに帰ってピアニストになっていることも、そのほかの子どもたちも、みんなこの世界のどこかにいるのです。

幼い日々、それにつづく日々がどういうおとなを作っているのだろう。

ぼくたちの子どもだった日々は、ふしあわせだった。国境が、差別が、政治が、ぼくらをともに未来をつくる仲間にさせなかった。（三木卓『ほろびた国の旅』講談社、二〇〇九、二二〇頁、初出一九六九）

引揚げ文学は、彼らの「幼い日々」にあたる植民地・占領地体験と「それにつづく日々」にあたる戦後体験をもとどめるものである。そして彼らが「どういうおとな」になったのかも見えてくるのである。しかし、その「子ども」「少年」たちの成長を、戦後日本は見ようとはしなかった。

5　子どもの可能性――植民地・ジェンダー・階級

「引揚げ文学」から見えてくるのは、「再ディアスポラ」感覚で眺めた「帝国日本」の姿だけではない。言うまでもなくその前史としての「引揚げ」の際の「難民」としてのトラウマ、さらにそのような「引揚げ」を強いた原因となる植民地体験がそこには描かれている。引揚げの際の凄絶な悲惨とともに、被植民者に対する植民者の抑圧（小林勝）やさまざまな人種が入り乱れる植民地の帝国的風景（三木卓、小林勝ほか）が描かれるのは当然として、注目すべきは、植民者の棄民性（三木卓）や、被植民者と植民者間の転倒した心理的暴力（小林勝）などが描かれるということである。それらは、これまで考えられてきた「植民地」や「引揚げ」の姿にいくつもの亀裂を入れている。それはおそらく、引揚げ者たちが「引揚げ」という再移動の経験をしたからこそ書けたと言えるだろう。その諸相の詳細については稿をあらためて論じたいが、ここでは参考までに西洋の引揚げ（植民者）文学をとりあげてその一端を見ておくことにする。

日本の「引揚げ文学」が「帝国」が生んだものであるように、日本より先に帝国主義に乗り出した西洋諸国にも当然ながら「引揚げ文学」とみなすべき作品は多く存在する。そしてここでも「植民地」と「帝国」についてすぐれた考察を残してくれているのは、植民地で育った「子ども」たちだった。

日本の引揚げ文学のなかで、多くの植民者たちは、その子どもたちに、被植民者との間に横たわる空間的・文化的・心理的境界を越えることを禁止している。それは、支配者でありながらも、数のうえではマイノリティでしかなかった植民者たちの、被植民者に対する潜在的な恐怖心ゆえのものと言っていい。ところが、植民者の子どもたちの一部は、「混交」を恐れてのそのような憂慮と恐怖を無視し、その世界へ果敢にも入っていった。たとえば、『ジェーン・エア』（シャーロット・

ブロンテ、一八四七年）におけるロチェスター夫人（＝「狂女」とされた女性）を主人公に設定してその前史とも言える作品を書いたジーン・リース（一八九〇―一九七九）は、『サルガッソーの広い海』（一九六六）の女主人公に次のように語らせている。

> いいえ、朝は幸せだったと言ったのよ。午後はそうではなく、日が沈んだ後はいつも不幸せだった。日が落ちるとあの家は不吉だったわ、そういう場所もあるのよ。そしてあの日がやってきた……白い黒んぼのように育った私に気づいて母が恥じた日が。あの日からなにもかも変わってしまったわ。そう、あれは私のせいよ、母が私たちの生活を変えようとやみくもに計画をたてはじめたのは私のせいだったの。（小沢瑞穂訳、『世界文学全集Ⅱ』第一巻、河出書房新社、二〇〇九、三八四頁、傍点引用者）

イギリスの植民地ドミニカ島で生まれた主人公は、植民地の人びとに「白いゴキブリ」と言われながら育つが、そのような嫌悪の視線は、単に被植民者からだけのものではなかった。それは「純粋な」植民者一世にあたる親たちからの視線でもあったのである。植民地の子どもたちの遊びや食べもの、さらには仕草までまねることを禁じられていたことを湯浅克衛（「カンナニ」）や後藤明生（『夢かたり』ほか）も書き残していて、そのような禁止と嫌悪はじつのところ「宗主国人」共通のものでもあった。

そして、「植民地」の惨めさと悲惨を誰よりもしっかり見つめていたのは植民地で育った少年・

少女だった。彼らは、被植民者に加えられる拷問の痛みと恥をあたかも自分の痛みであるかのように感じとり（小林勝、五木寛之）、植民地の飢えにも想像力を働かせ（小林勝「赤ん坊が粟になった」）、植民者の前で泣き叫ぶ被植民者の姿（村松武司「朝鮮植民者」）や、植民者と被植民者の住まいの差異をもしっかり見届けていたのである。

たとえば、旧東インド地域を植民地化したフランスの作家、マルグリット・デュラス（一九一四―一九九六）は、『太平洋の防波堤』（一九五〇）のなかで、フランス領インドシナについて次のように書く。

まさに植民地全盛時代だった。何十万という現地人が、十万ヘクタールに及ぶ赤土に生えている木の樹液採取に従事し、その木に刻み目をつけて液汁を取るために、彼らは自分の血を採取されていた。その十万ヘクタールの土地は、莫大な財産をもった、何百人かの白人の栽培場主の所有物となる前から、たまたま赤土と呼ばれてはいた。ゴム液が流れ、血も流れる。だが、貴重なのはゴム液だけで丹念に採集され、採集されれば利益を生む。血はむだに流れてゆくだけだ。いつかは大群衆が立ちあがって流した血の代価を問いに来る日がくる、などということはまだ考えるのを避けていた時代なのだ。（田中倫郎訳、『世界文学全集I』第四巻、河出書房新社、二〇〇八、一五八頁）

このようにデュラスは、植民地における搾取をしっかり描いている。しかもそれだけでなく、

「植民地の小さな植民者」たちは、被植民者による植民者の蹂躙（＝関係の転倒）をも逃さずに描いているのである。たとえば、リースは次のようにも書いている。

それから疲れたらしくロッキング・チェアに腰をおろした。黒人の男が母を椅子から抱きあげてキスするのが見えた。男が口を母の口に重ねると、母は彼の腕の中でぐったり柔らかくなり、男は声をあげて笑った。黒人の女も笑ったけど怒っていたわ。それを見て私は逃げ出したの。泣きながら帰っていくとクリストフィーヌが待っていたわ。（前掲『サルガッソーの広い海』三八七頁）

森崎和江は、被植民者少年たちによる好奇の目――あきらかに性的まなざしの――を描いているが、リースが描いたのはその欲望が完遂された場面と言えるだろう。この場に「黒人の女」も同席しているのは、この蹂躙が、男女の間の性的関係を超えての民族的＝人種的、つまりは植民者と被植民者のそれであることを示す。この場面における「母」の受動性、男の笑い、黒人の女の笑いは、そのことを通してあらゆる愛の可能性を無化する。子どもの白人少女が「逃げ出」すほかなかったのは、そのキスが愛のキスではなく制裁のキスでしかないことを感づいてのことなのだ。そしてそのような転倒した構図に気づき書きとめえたのは、作家がすでに「元植民者」でしかなく、植民者でありながら権力の中心とはなりえない弱者性を帯びていたからであろう。

植民者の多くはあきらかに裕福な支配者だったが、だからといってかならずしも幸せだったわけではない。さきの引用文ですでに彼女はその不幸を記しているが、さらに、リースは「私の母にしたって、どんな正義が与えられたというの？」(『サルガッソーの広い海』三九八頁)と訴えていて、植民者たちにおける「正義」がすべての植民者に分け与えられていたわけではなく、ジェンダーや階級によって区別される、留保つきのものだったことを示す。

そもそも、植民者の多くは「棄民」であった[33]。湯浅克衛の「カンナニ」の父親は「馘になった」地方都市労働者だったし、五木寛之の父親は農村部に残ることのできない三男だった。彼らは植民地に渡ることによって多くはそれまで以上の生活資源を得ることができたが、湯浅の描いた「移民」の松次郎のように、東洋拓殖株式会社に詐欺に近いやり方で分譲してもらい、その後は二五年かけて耕作した土地を近代化の波に飲まれる形で取りあげられる(こぎれいな家をあてがわれはするが)ことも少なからず存在していたのである。つまり、帝国が求めた文明化は被植民者のみならず、帝国民をもその犠牲にしていた。そしてそれは、帝国内の植民地・本土内の内部植民地においてであった[34]。

同じく、デュラスも「耕作に向かない土地を総督府が分譲する」(『太平洋の防波堤』一九頁)、「誤った希望を抱かせるためのまさに囮」(同二六五頁)などと書くことで、彼らが国家にだまされて植民地へ行かせられ、そこへの定住を余儀なくされることで帝国の領土拡張の一翼を担わされていたことを書き残している。

このような、植民地における逆転やねじれを見逃さずに描きえたのも、彼女たちが「子ども」だったこと、つまりまだ「植民者」としてのアイデンティティが十分に身についていない立場にいたからこそ可能なことだった。構造的には植民者にほかならないにしても、ジェンダー性や年齢や階級によって彼らはいまだ「国民」になりえない弱者だったからである。植民者でありながら女たちが狂気におちいり、子どもたちが心に傷を負うというようなことが起りえたのもまさにそのためだったであろう。同じくデュラスの『愛人（ラマン）』（一九八四）には次のような一節もある。

彼女たちのうちのあるものは気が狂ってしまう。またある女たちは口をきかぬ若い女召使いに見かえられて、捨てられる。見捨てられた女たち。この言葉が彼女たちをぐさりと刺す音が、この言葉とともにひろまるうわさが、この言葉とともにあたえられる平手打ちの音が聞こえる。自殺する女たちもいる。（清水徹訳、前掲『世界文学全集Ｉ』第四巻、二〇〇九、三五六頁）

日本でなら小林勝が、植民地や被植民者に対する無限の愛情を書き留めながらも、被植民者の暴力とそれへの違和感をも同時に書き残している。それはたとえば植民者少年にセクハラまがいのことをする被植民者の女性や、お土産をもって見舞いに来た植民者少年にお土産を投げつける大人の被植民者に対するものである。そこでは、被植民者でありながらも彼らが「大人」や「男性」としての属性を使っての暴力を働くことが可能だったことが示される。

もっとも、このようなことが植民地における差別構造を覆すことになるわけではない。とはいえ、このようなことは、これまでのポストコロニアリズムの認識の修正を迫るものではある。なによりも、「植民地」とは、植民者にとっても（自発的に見えても構造的に）「移動させられた」場所にほかならず、そうである限りそこは決して安穏たる場ではありえなかった。帝国主義批判はむしろここから出発しなければならない。「植民」とは国民を「外地」に定住させることである。そのとき選ばれるのは主に本国に居場所を得られなかった貧困者や家族主義の周辺にいた独身者である。本国に残る人は言葉、血統、文化を守りつづけ、純正のさらなる強者となる。そして「祖国」であれ「植民地」であれ、引揚げ者たちには所詮「定住者」の空間であるほかなく、つねに定住者中心主義が暗に機能する場所になる。そして、植民者が植民地を「追放」されるとき、そのことは初めてようやく露わになる。

6　当事者＝非定住者感覚から

激励されると、いくらか気持が安まるのだった。だが、西野から激励されると、なにか載せられているような感じがつきまとう。やはり、久治は、西野が手伝わないことにこだわっているのである。しかし記念碑と言ってもなあ――と久治は思うのだった。――やがて、この市街図を見ても、なんの感慨も感興も起きない人たちばかりになるわけだ。シーちゃんや、シーちゃんに惚れた人たちには、カフエー千成という文字は心に響く。畳屋の清さんには、磯野旅館という文字は胸に沁みる。――だが、シーちゃんも死んでしまうし、清さんも死んでしまう。千成も磯野旅館もなくなってしまう。建物はもう、とっくになくなっているかも知れないのだ。それは思い出の中にしかない。その思い出がなくなるとき、千成も磯野旅館も消えて、紙の上に文字が残るだけだ。記念碑とは、そういうものなのだろうか？　そして自分たちが死んだ後、子供たちは、その記念碑の紙切れを見て、どう思うのだろう？　シノは市街地を見て、どう思うだろう？（古山高麗雄『小さな市街図』河出書房新社、一九七二、二一二頁）

古山高麗雄は植民地体験の「記憶の死」を恐れた。そして、「戦後日本」の状況は、その憂慮が間違いではなかったことを示している。そのような「記憶の死」は、じつのところ植民地でも起こるのであって、「解放」後の韓半島でも、一〇〇万人近くその地に住んでいた日本人のことはすっかり忘れ去られている。そのことは、「移民」＝非定住者のことは「定住者」には関心を払うべき対象ではなく、「国民国家」というものが所詮定住者中心のものであることを示すものだ。そこにかつて存在した人びとの記憶が忘却されてきたのは、「国民国家」の共有すべき「単一民族」の記憶と相反するものだからである。

引揚げ者の記憶を受けとめることは、国民国家がほかならぬ「定住者中心」のシステムだったことを知るうえでも必要だ。それは、「在朝日本人」や「在満日本人」たちがどのように「在日日本人」となり、そのうち「在日」の認識を捨て去り、あるいは維持しつづけていたのかを見ることでもある。それは、戦後日本と戦後日本文学研究が排除してきた帝国の記憶の様相に向きあうことでもあり、それは「移動」と「定着」にまつわる、近代国民国家の権力構造を見極めることにもなるだろう。

満州などに渡っていった人たちには反体制的な人たちが多いが、五味川純平の『人間の條件』も冒頭からそのことをしっかりとおさえて書いている。「植民者」たちがかならずしも「帝国野望」や「一攫千金」を夢見ての人びとだけでなかったことを知ることは、「帝国」の複雑な構造をいま一度見るためにも必要だ。

そして、引揚げ者たちもまた、植民地での安泰な記憶を囲いつつ「帝国意識」を温存し自らの「在日日本人」性を封印してほかの「在日」朝鮮人などへの差別意識を温存しつづけた人たちと、反体制的でナショナリズムに批判的な人たちとに分かれた。それはどちらも彼らにおける「移動と再移動」体験ゆえの認識と姿勢だったが、「戦後日本」は、その体験をどのように生かしたのか。そのことが今後検証されるべきであろう。

分けても引揚げ者の一部が温存した「まま子」意識は、「内地」の嫡子性をめぐるイデオロギーをあぶり出し、「内地（＝本土）」中心主義や混血性を隠蔽したことが「単一民族国家神話」を支えたことも見せてくれるだろう。

これまでは、帝国と植民地を語る際、「当事者」の語りが参照されることはほとんどなかったと言っていい。奇しくも、引揚げの過程で亡くなり、北朝鮮に埋葬されているままの三万人近くと言われる遺骨の返還をめぐる協議がいまようやく始まろうとしている[35]。

日本の「戦後」は、三〇〇万人もの引揚げ者を受け入れながら、「定住者」たちの記憶のみを特権化してきた。そういう意味では、彼らを送り出し、「定住者」のままでいられた「元内地人」たちがあいも変わらず国家の中心にいながらの再統合化の時代だったとも言えるだろう。そのことが、植民地への移動、数年から数十年に及ぶ「仮定住」の記憶、そして内地への「再移動」の記憶をとどめた自伝や引揚げ文学を「記憶の死」の対象にしてきたのである。

もっとも、いわゆる「満州文学」やその他のアジア関連文学への関心が戦後日本にまったくなかったわけではない[36]。しかし、それらはそこにいた定住者たちの視点から眺められた関心でしかなかったのではないか。たとえば「外地日本語文学」といった視点は、その後再移動できなかった者、「未引揚げ者」たちについての想像——いまだ書かれない、あるいは目に触れることのできない「未引揚げ文学」の可能性には目を向けない。植民地や占領地に残ることを余儀なくされた人びとの物語、たとえば日本人妻、中国人や朝鮮人との間に生まれた混血の子どもたち、孤児たち、売られた子どもたちの物語などである。それらは、定住者マジョリティ社会のなかでマイノリティ化され、いまのところその声が「文学」として聞こえてくることはない。そして、そのように考えたとき、戦後日本文学のなかで長らくマイノリティ文学でしかなかった「在日文学」もまた「未引揚げ文学」のひとつであることが見えてくるだろう。

なにより「未引揚げ者」の聞こえない物語としてとりあえず耳を澄ますべきは、ついに「移動」できずに亡くなった大人と子どもたちの物語であるはずだ。

> みんな、じっとして動かないで冷たくなっているのでした。この土地で働いた日本人の子どもでした。いまはもう、何のくるしいこともなく、たのしいやすらかな世界にいるのでした。もう逃げなくてもいいのです。こうして、子どもたちは満州国のつぐないのために、みじかい命を失ってしまったのでした。この子たちは、おとなの罪のために、また土へ帰ったのです。いや、日

本人の子どもだけではない。たくさんの、いろんな国の子どもたちが、満州の土の上で死んだのです。なんの理由も意味もなく殺されたのです。（三木卓『ほろびた国の旅』二一三―二一四頁、傍点引用者）

彼らが戻ってこれなかった理由を単に「戦争」に見出すことはできない。彼らの死は、直接には命の管理者でもあった男性や大人によるものでもあったのであり、その背後には国家、階級、ジェンダーなど、さまざまな権力と欲望のせめぎあいが存在した。その「声」と、生き残った混血児たちの複数の言葉の声が聞こえてきたとき、「植民地」と「帝国」、「帝国崩壊後のアジア」、「戦後日本」の新たな姿も見えてくるはずだ。

最後に、後藤明生の言葉を引用しておこうと思う。それは、「移動」から「場」を考えることの意味を痛切に教えてくれるものでもある。[37]

日本が植民地政策をとって、満州、朝鮮、台湾、中国の一部でやって来たことはですね、ま、その善し悪しはこの際おくとして、歴史的にそういうことをやって来たことは動かない。それによって日本自体が変化しなければいけなかったんですね。

ところが、全然、化学的変化を起こしていない。そこにやっぱりぼくは、日本の不思議さがあると思うんですよ。とにかく事実として植民地政策をとっちゃったんだから、国家観念とか、民族意識とかいうものに、化学的変化を起こさせなきゃいけないと思うんですがね。それが物理的に拡がっただけで、また物理的に収縮したわけでね。全然、質的に変化していない。実になんの影響も及ぼしていないというところに、ぼくは不思議さを感じたんです。(38)

注

(1) 本稿は、「引揚げ文学論序説――戦後文学の忘れもの」(『日本学報』二〇〇九年一一月)をもとに、二〇一二年六月の日本比較文学会大会シンポジウム「比較植民地文学の射程――「引揚者」の文学を開く」での報告を追加する形で補足・修正したものである。なお、個別引揚げ作家に関する論として「小林勝と朝鮮」(『日本文学』二〇〇八年一一月)、「後藤明生『夢かたり』論――内破する帝国主義」(『日本学報』二〇一一年二月)、「後藤明生『夢かたり』――植民地的身体の戦後の日々」(『日本学報』二〇一二年二月)においても本稿における問題意識の一端に触れている(全て本書所収)。

(2) 民間人だけで三四一万人、軍人・軍属三一一万人であった。このうち朝鮮から七〇万、満州から一二三万、満州以外の中国から四六万としている(浅野豊美『帝国日本の植民地法制』名古屋大学出版会、二〇〇八、五六八頁)。

(3) 若槻泰雄「表 年次別・地域別引揚者総数」(『戦後引揚げの記録』時事通信社、一九九一)。また、加藤聖文は引揚げ者として「朝鮮在住日本人八五万人のうち六五万人」と「満州および華北からの引揚者一三〇万人」、合わせて二〇〇万人が朝鮮・中国からの引揚げ者とされたとしている(「海外引揚問題と日本人援護団体――戦後日本における帝国意識の断絶」、小林英夫ほか編『戦後アジアにおける日本人団体――引揚げから企業進出まで』所収、ゆまに書房、二〇〇八)。

(4) 成田龍一「「引揚げ」と「抑留」」(『岩波講座 アジア・太平洋戦争4』岩波書店、二〇〇六)一七九―二〇八頁。成田は「引揚げ、および抑留の体験記」が一九五〇年前後、一九七〇年前後、一九九〇年代以降に集中して出たと指摘している。

（5）このことに関して、二〇一二年二月、国際日本文化研究センターにおける講演「引揚げを考える――冷戦と帝国のはざまで」において報告した。

（6）この三つの関係項はいずれもほとんど考察の対象にならなかったが、なかでも引揚げ者同士の関係や葛藤は手記や小説に多数書かれながらも注目されたことはなかった。

（7）尾崎秀樹『旧植民地文学の研究』（勁草書房、一九七一）三二七頁。

（8）本田靖春「特別企画　インタビュー・ルポルタージュ　日本の〝カミュ〟たち」（『諸君！』一九七九年七月号）。五木寛之、日野啓三、尾崎秀樹、池田満寿夫、藤田敏八、三木卓、大藪春彦、赤塚不二夫、山田洋次、小田島雄志、別役実、後藤明生、生島治郎、澤地久枝、山崎正和、天沢退二郎の一六人のインタビューをまとめて載せている。

（9）尾崎、前掲書、三三五頁。以下同じ。

（10）植民地問題に関してもっとも自覚的な作家の一人だった小林勝や村松武司がいまではほとんど忘れさられてしまったのも、その結果と見るべきであろう。

（11）朴裕河「「引揚げ」と戦後日本の定住者主義」（韓国日本学会『日本学報』二〇一二年一一月）参照。

（12）たとえば宮尾登美子は「満州体験を書くために作家になった」（『日本人脈記二　アジアの夢』朝日新聞社、二〇〇六）としながらも、満州体験を書いた小説『朱夏』が書かれたのは、引揚げから三〇年以上の歳月を経た時点であった。

（13）本稿のもとになった論文を発表したあと、一九七〇年代に「引揚げ文学」という言葉が存在したことを発見した。そういう意味では新しい命名ではないが、現代においてはその言葉が存在しないので、最初の指摘を維持しておく。

（14）前掲「日本の〝カミュ〟たち」。

（15）「引揚げ者一〇〇人の告白」（『潮』一九七一年八月）一五八頁。

(16) 同前、一六〇頁。

(17) 「内向の世代」とは周知のとおり、一九七〇年代に入って登場した一群の作家たちを称する概念である。古井由吉、黒井千次、阿部昭など、いわゆる「生の不安」を存在論的に扱った作家たちがその範疇の作家として考えられていた。当時彼らを川村二郎が高く評価したのに対して、小田切秀雄はおおむね批判的に論じていた(「内向の世代——根拠と打開と」『早稲田文学』一九七六年七月号、ほか)。秋山駿は彼らが敗戦時の少年であることに注目して高く評価したが(「新世代の作家たち——内向の世代について」『国文学 解釈と鑑賞』一九七三年五月号、など)、この対立的な評価についての再検討も必要となるだろう。

(18) 前掲「引揚げ者一〇〇人の告白」。

(19) 同前「引揚げ者一〇〇人の告白」一四二頁。

(20) 尾崎、前掲書、三二三頁。

(21) 前掲「引揚げ者一〇〇人の告白」一八三頁。

(22) 朴、前掲論文。

(23) 五木寛之・日野啓三「異邦人感覚と文学」(『文学界』一九七九年四月号)。

(24) 前掲「日本の〝カミュ〟たち」二〇五—二〇六頁、以下の引用は特別に言及がない限り同書からの引用。

(25) 五木寛之『運命の足音』(幻冬舎、二〇〇三)三五頁。

(26) 前掲「日本のカミュたち」二〇九頁。

(27) 前掲「引揚げ者一〇〇人の告白」一六四頁。

(28) 朴、前掲論文。

(29) 同前。

(30) 前掲「日本の〝カミュ〟たち」二〇九頁。

(31) 以上、前掲「引揚げ者一〇〇人の告白」。

(32) 以上、前掲「日本の〝カミュ〟たち」。

(33) 朴、前掲論文。
(34) 同前。
(35) 『朝日新聞』二〇一二年八月一三日付。
(36) たとえば「植民地文化学会」とその機関紙『植民地文化』は、そのような動きの数少ない試みと言える。ただし、この学会の掲げる「植民地文化」という言葉のベクトルが、その意図に反して過去の「帝国」の痕跡をたどることになりうる危険性があることは十分な検討が必要だろう。
(37) 伊豫谷登志翁編『移動から場所を問う——現代移民研究の課題』(有信堂高文社、二〇〇七)。
(38) 前掲「日本の〝カミユ〟たち」二二五頁。

第Ⅱ部　各論

定住者と、落ちていく者と
——『明暗』における小林登場の意味

1　明・暗の時代

夏目漱石『明暗』（一九一六）は、長い間夫婦物語として読まれてきました。そこに結婚前に付き合っていた女性が出てきて漱石が多く扱ってきた男二人と女一人の構図ではない、男一人に女二人の構図が展開されています。漱石が生涯追究してきた「関係」物語の変形としても興味深い物語となっていることも事実です。

しかし、この小説には実はもう一人の男——津田の友人である小林が、作品の割合はじめから登場し、後半の温泉場の場面直前まで繰り返し登場しています。そしてこのことは、実は『明暗』を読むにあたって欠かせない重要な構図といわなければなりません。

『明暗』というタイトルは、大きくは中流階級の一人として、裕福な家の娘を奥さんにして、親にも援助をしてもらいながら悠々と生きてきた津田が、金と健康——生きるにおいて根本条件であるはずの道具——の欠如といった事態を目の前にして根底から揺さぶれつつ、しかも家庭の破綻もありうるといった意味で津田の「明」から未知の「暗」への過程をたどる物語と見ることがまずはできます。同時に、たとえお金と健康に脅かされつつも津田は友人小林に比べれば「明」の世界に属しているという意味で、津田の一見「明」の世界と、小林の「暗」の世界の対比を描いているともいえるでしょう。何しろ、小林は先のことが分からないような未知の世界、朝鮮へ「落ちて」ゆく運命にある者として描かれます。

そこで本稿では、『明暗』を小林と津田・お延に焦点を合わせ、そうした構図設定の意味を探ってみたいと思います。

2　津田と小林——不安を抱きしめて

津田は、病院からの帰り道に「周囲のものは彼の存在にすら気が付かずにみんな澄ましてゐた」（二、6〔以下、岩波書店第二次全集の節番号と頁数を示す〕）と感じています。それは、後に小林が自己存在を社会の中に認めてもらえない苦痛を訴える場面と照応しています。津田は、小林の苦痛を理解する一つの契機を得たといえるでしょう。そしてそれこそが究極の「暗」の世界となるはずなのです。「今現に何んな変が此肉体のうちに起こりつゝあるかも知れない。さうして自分は全く知らずにゐる。恐ろしい事だ」（二、7）と感じていることもその伏線といえます。先のことがわからないことに対する恐怖は、「朝鮮」へ「落ちて」ゆくことになる小林も共有するものといえるでしょう。

『明暗』が書かれていた時代は、日本が第一次世界大戦に参入していた時代でもあります。この大戦は一九一四年に始まって一九一八年に終了したのだから、『明暗』の時代背景は戦争の時代、ともいえます。日本はドイツに宣戦布告することで参戦し、南洋群島にまで攻めていったのですが、それは勝利した場合山東半島を手に入れることができるからでした。いうまでもなく、それは、台湾と朝鮮を植民地にした大日本帝国の、次の植民地となるはずの場所でした。

そうした時期、『明暗』が書かれた同じ年――一九一六年に、大阪朝日新聞は河上肇の『貧乏物語』を掲載しています。『明暗』は五月二十六日から十二月十四日まで連載されましたが、『貧乏物語』の方はすこし遅れて、九月一日から十二月二十六日まで連載されました。漱石がこれを読んでいたと見るのは無理な推定ではないでしょう。

つまり、この時代は国外では戦争で国力を誇り、国内では貧しい人が多くそのことが社会問題として意識されていた時代でした。『明暗』にはさりげなく「乞食」(十三、41)が登場していて、こうした時代の断面がしっかりと描かれています。さらに、道端の「乞食」ではないにしても、友人の古い外套を譲り受けて、住み慣れた地を離れていく、小林のような人物が登場するのはまさにこうした時代の反映だったに違いありません。

漱石の修善寺での療養の時見舞いに来た石川啄木が貧乏と病気の末にわずか二十六歳で亡くなったのは、『明暗』が書かれる四年前の一九一二年でした。「働けど働けど……」の歌が収録された『一握の砂』が出たのは一九一〇年で、このときはまさに啄木が朝鮮合併に対する気持ちをも残した年でもありました。啄木が朝鮮に思いを寄せたのは、「弱き者」への共感だったのかもしれません。

実は漱石は啄木の葬式にも参列しています。啄木とのこうした付き合いは、漱石が「貧しさ」について関心を持ち始めたきっかけになったとも考えられます。

実際に、『明暗』はすでに多くの論者が指摘するように「お金」をめぐる話であり、それを支えるように、「質屋」に関する言及も少なくありません。近代的銀行がまだ十分に機能しない時だからこそ、自己の生存を知り合いの人的関係に頼るほかない時代の物語とも言えるでしょう。そして『明暗』に小林という人物が登場するのはそうした背景があってのことと考えられるのです。

3　小林と朝鮮

小林が朝鮮へ行くのは、貧しいからです。つまり、植民地は、日本の中に居場所を見出せなかった人が移動していくような場所として機能していました。いわば、その地において生きていけずに「外部」に押し出されることになる日本国民を描いた話とも言えるでしょう。

津田には足りない分を仕送りしてくれる親と、家を仕切ってくれる奥さんのお延、そして身の回りの世話をしてくれる下女までがいます。しかし小林には親も家も奥さんもなく、養うべき妹がいるだけです。そうした所有の有無が登場人物の明・暗を分けているのは言うまでもありません。

津田と同世代でありながら、小林に奥さんがいないのは、家と仕事を持っていないことが大きく影響するはずです。見合いの時代で、財産など所有の有無を見ることもあるからです。小林の立場は、若者たちが仕事を得られずに、恋愛・結婚・家を諦めているような現代の若者とあまり変わりません。つまり経済的条件が人的資産も保障するような時代を小林は生きているのです。

そして、追われていくように小林は朝鮮を選択します。しかしそれは、必ずしも小林自ら願ってのことではありません。また、必ずしも明るい未来を予想してのことでもありません。次の例文を見てください。

「実はこの着物で近々都落をやるんだよ。朝鮮へ落ちるんだよ」（三十六、114）

「斯う苦しくつちや、いくら東京に辛防してゐたつて、仕方がないからね。未来のない所に住んでるのは実際厭だよ」（三十六、115）

「要するに僕なんぞは、生涯漂浪して歩く運命を有って生れて来た人間かも知れないよ。何うしても落ち付けないんだもの。たとひ自分が落ち付く気でも、世間が落ち付かせて呉れないから残酷だよ。駈落者（かけおちもの）になるより外に仕方がないぢやないか」

「落付けないのは君ばかりぢやない。僕だつてちつとも落付いてゐられやしない」

「勿体ない事をいふな。君の落ち付けないのは贅沢だからさ。僕のは死ぬ迄麵麭（パン）を追懸けて歩かなければならないんだから苦しいんだ」

「然し落ち付けないのは、現代人の一般の特色だからね。苦しいのは君ばかりぢやないよ」小林は津田の言葉から何等の慰籍を受ける気色もなかつた。(三十六、115)

津田もまた、病気とお金に困っていて、しかも奥さんとの関係が安定的なわけではありません。しかも後半の展開によって津田もまた、『それから』の代助のように実存的な不安の場に追い出されます。しかし津田の境遇を小林が「贅沢」といって取り合わないのは、それだけ小林の境遇が切実であることを示すものと見ていいでしょう。そしてそうした視線は津田が「土方や人足をてんから人間扱ひにしない」(三十五、111)といった、判断があってのことであります。

小林が探偵に監視されているといった自覚をしていることも関係があります。津田にとって小林は「無暗に上流社会の悪口をい」う人で、そのために「社会主義者に間違へられる」ので「少し用心」(三十五、110)すべき存在なのです。

しかし小林は、自分のほうが「善良なる細民の同情者」であり、むしろ「乙に上品振って取り繕ってる君達の方が余つ程の悪者」で、「何方が警察に引っ張られて然るべきだか能く考えて」みるべき存在と考えています。

津田は、ドストエフスキーに言及しながら下層社会への思いを語る小林を泣かせるものが酒であるのではないかと疑い、小林の涙をただ迷惑そうに眺めるような友人でしかありません(三十六、112)。

小林が貧乏で、「社会主義者」とみなされて警戒されうるという設定は、一九一六年の日本社会が誰を排除しつつあったかを垣間見せてくれています。それは、小林を冷ややかに眺める、日本を離れないですむ、「生涯漂浪して歩く運命を有って生れて来た人間」ではない定住者たちでありま す。小林が、「たとひ自分が落ち付く気でも、世間が落ち付かせて呉れないから残酷」と訴えるのは、自分を追い出す社会構造を語っていて、そこでの「運命」とはあくまでも社会的な運命でしかありません。

小林が何度も「軽蔑」される自分を意識し、口にするのはこうした関係です。小林は確かに相手を不愉快にさせうる行動を取ったりしますが、津田をはじめとする定住者たちが小林を「軽蔑」するのは、社会的差別の現場でもあるはずです。二人の対話を見ましょう。


「実を云ふと、僕は行きたくもないんだがなあ」

「藤井の叔父が是非行けとでも云ふのかい」

「なにさうでもないんだ」

「ぢや止したら可いぢやないか」

津田の言葉は誰にでも解り切つた理窟な丈に、同情に飢えてゐさうな相手の気分を残酷に射貫いたと一般であった。数歩の後、小林は突然津田の方を向いた。

「津田君、僕は淋しいよ」

津田は返事をしなかつた。


（中略）

「僕は矢つ張り行くよ。何うしても行つた方が可いんだからね」

「ぢや行くさ」

「うん、行くとも。斯んな所にゐて、みんなに馬鹿にされるより、朝鮮か台湾に行つた方がよつぽど増しだ」

　彼の語気は癇走つてゐた。津田は急に穏やかな調子を使ふ必要を感じた。（三十七、117-118）

小林が「実を云ふと、僕は行きたくもない」と話すのは、津田が察するとおりなんらかの同情を期待してのことであります。しかし津田はそれに答えていません。「淋しい」との小林の言葉にも津田は「返事をしな」いのです。結局小林に「斯んな所にゐて、みんなに馬鹿にされるより、朝鮮か台湾に行つた方がよつぽど増し」と言わせ、小林の語気の変化を感じ取ってからも、止めるのではなく「何処へ行つたつて立派に成功出来る」と話します。そこで、送別会を開くと話しますが「今度は小林の方が可い返事をしな」い状況を作るのです。

4　定住の条件

小林は、なぜ奥さんがいないのかというお延の質問に次のように答えています。

「貰ひたくつても貰へないんです」

「何故」
「来て呉れ手がなければ、自然貰へない訳ぢやありませんか」（八十二、274）
「僕だつて朝鮮三界迄駈落（かけおち）のお供をして呉れるような、実のある女があれば、斯んな変な人間にならないで、済んだかも知れませんよ。実を云ふと、僕には細君がないばかりぢやないんです。何にもないんです。親も友達もないんです。つまり世の中がないんですね。もつと広く云へば人間がないいんだとも云はれるでせうが」（八十二、275）
こう話す小林をお延は「生まれて初めての人に会ったような気がした」と感じています。それだけ小林はお延にとって遠い場所にいる人物なのです。
小林は妹を置いていく理由を、日本が「安全」で、「殺される危険が少ない」（八十二、276）からだとしています。小林が、そうした危険な場所に行くことになるのはなぜでしょうか。小林はお延との対話で津田のかつての恋人清子のことを話しそうになっては、話題を変えて津田のことを話題にします。
「奥さん津田君が変つた例証として、是非あなたに聴かせなければならない事があるんですが、余まりおびえてゐらつしやる様だから、それは後廻しにして、其反対の方、即ち津田君がちつとも変らない所を少し御参考迄にお話して置きますよ。是は厭でも私の方で是非奥さんに聴いて頂きたいのです。――何うです聴いて下さいますか」

お延は冷淡に「何うともあなたの御随意に」と答へた。小林は「有難い」と云つて笑つた。

「僕は昔から津田君に軽蔑されてゐました。今でも津田君に軽蔑されてゐます。先刻からいふ通り、津田君は大変変りましたよ。けれども津田君の僕に対する軽蔑丈は昔も今も同様なのです。毫も変らないのです。是丈はいくら怜悧な奥さんの感化力でも何うする訳にも行かないと見えますね。尤もあなた方から見たら、それが理の当然なんでせうけれどもね」

（中略）

「いや別に変つて貰ひたいといふ意味ぢやありませんよ。其点について奥さんの御尽力を仰ぐ気は毛頭ないんだから、御安心なさい。実をいふと、僕は津田君にばかり軽蔑されてゐる人間ぢやないんです。誰にでも軽蔑されてゐる人間なんです。下らない女に迄軽蔑されてゐるんです。有体に云へば世の中全体が寄つてたかつて僕を軽蔑してゐるんです」（八十五、284-285）

そして、こうした言葉に対して「随分僻んでゐ」るとのお延の言葉を受けて次のように答えています。

「えゝ僻んでるかも知れません。僻まうが僻むまいが、事実は事実ですからね。然しそりや何うでも可いんです。もと〳〵無能に生れ付いたのが悪いんだから、いくら軽蔑されたつて仕方がありますまい。誰を恨む訳にも行かないのでせう。けれども世間からのべつにさう取り扱はれ付け

て来た人間の心持を、あなたは御承知ですか」（八十五、286）

しかし、お延はこうした小林に「丸つ切り同情の起り得ない相手の心持」で、「それが自分に何の関係があらう」（八十五、286）と思うだけです。「彼女は小林のために想像の翼さへ伸ばして遣る気にならなかつた」といった人物として描かれるのです。小林はここで、自分が「わざ〳〵人の厭がるやうな事を云つたり為たりするんです。左うでもしなければ苦しくつて堪らないんです。生きてゐられないのです。僕の存在を人に認めさせる事が出来ないんです。僕は無能です。幾ら人に軽蔑されても存分讐討が出来ないんです」（八十五、286）と言います。

小林が、人に嫌われるような言動をするのは、「存在を認め」てもらうためでした。そして、そのようになった理由は「無能」だからとしています。小林は「叔父の雑誌の編輯をしたり、校正をしたり、其間には自分の原稿を書いて、金を呉れさうな所へ方々持つて廻つたりして、始終忙がしさうに見えた」（三十六、114）人物でした。おそらく編集・校正の仕事をアルバイトにしているもの書きでしょう。小林を待っている仕事も朝鮮の「或新聞社」（三十六、114）でした。

冷ややかなお延に対して小林は話します。

「けれども奥さんはたゞ僕を厭な奴だと思ふ丈で、何故僕がこんな厭な奴になつたのか、其原因を御承知ない。だから僕が一寸其所を説明して上げたのです」（八十五、287）

小林は明らかに、津田やお延などの中産階級の人々による無視に抗議しています。それは、「無能に生れ付いた」のが原因と言うのだから、「無能」といわれる（自覚される）人への社会的無関心に対する糾弾でもあるのでしょう。津田はお金や女性のことで家族や奥さんと葛藤しますが、それでも自分には「人間がない」と叫ぶ小林にしてみれば、それこそ贅沢な悩みでしかないのでしょう。国が戦争している時でも中産階級は普通に暮らしていたことを『明暗』は覗かせてくれています。もちろん次の戦争では「国民総動員」時代になるのですから、そういう意味ではまだのどかな時代だったといえるでしょう。そうしたとき、日本の中ではそれまでに獲得した植民地へひっそりと移動していくことを余儀なくされた人々がいたのであり、そうした背景には経済の問題があったのです。

そしてお延も津田も、そうした小林の悲痛な声に耳を傾けることはありません。お延にはこうした小林の告白は「一には理解が起らな」いことで、「二には同情が出な」いことでしかありません。そして「彼の真面目さが疑がはれ」るのみで、「彼女を不安にする丈」だったのです（八十六、287－288）。

5　恐怖・排除・不安

小林が朝鮮へ流れていくもうひとつの理由として「社会主義者」的要素があります。彼は「探偵に跟けられ」（八十一、270）ている人物です。彼は「探偵に跟けられるのが自慢らし」

いが、「大方社会主義者として目指されてゐるのだらうという説明迄して聴かせた」（八十一、270）ほどの自覚も持っています。しかし、そうした話はお延にとっては「気の弱い女に衝撃を与えるような部分があった」ような話でしかありません。「怖々ながら其所に釣り込まれて大切な時間を度外に置いた」とあるように、恐怖を与えられることでしかないのです。そうした恐怖に、数年前の大逆事件の記憶が生きていなかったとは限らないでしょう。言うまでもなく、大逆事件は「天皇」殺害の陰謀を企てたとして社会主義者と名指された人々を日本社会から排除した事件であります。

つまり、『明暗』は、日本社会の中で分断され、排除されつつあった人々を小林と言う人物を登場させることで認識させ、しかもそうした人々に無関心で、冷淡な人々を描いている作品とも言えます。

お延は小林にお金をあげようとする津田に不満を持ちますが、津田は「お延の貰つて来た小切手の中から、其幾分を割いて朝鮮行の贐（はなむけ）として小林に贈る事にし」ます（百五十二、537）。不服なお延に、津田は、小林に同情すべきとしながら次のように話します。

「成程あいつは仕様のない奴さ。仕様のない奴には違ないけれども、彼奴が斯うなつた因りをよく考へて見ると、何でもないいんだ。たゞ不平だからだ。ぢや何故不平だといふと、金が取れないからだ。所が彼奴は愚図でもなし、馬鹿でもなし、相当な頭を持つてるんだからね。不幸にして正則の教育を受けなかつたために、あゝなつたと思うと、そりや気の毒になるよ。つまり彼奴が悪いんぢやない境遇が悪いんだと考へさへすれば夫迄さ。要するに不幸な人なんだ」（百五十二、

538―539）

と。しかも、そのあと、このように付け加えます。

「それにまだ斯ういふ事も考へなければならないよ。あゝ自暴糞（やけくそ）になつてる人間に逆らうと何をするか解らないんだ。（略）だから今もしおれが彼奴の要求を跳ね付けるとすると、彼奴は怒るよ。たゞ怒る丈なら可いが、屹度何かするよ。復讐（かたきうち）を遣るに極（きま）つてるよ。所が此方には世間体があり、向ふにやそんなものが丸でないんだから、いざとなると敵ひつこないんだ。解つたかね」（百五十二、539）

そして「一日も早く朝鮮へ立つて貰ふのが上策なんだ。でないと何時何んな目に逢ふか解つたもんぢやない」とするのです。

小林への気持ちが追放に近い気持ちであるのは確かです。しかもそれは軽蔑から恐怖に変わっています。できれば日本を離れたくないと言うのが小林の本心でしたが、そうした気持ちが汲み取られることはないのです。

その理由は、教育や家や人を持たないゆえにもつことになった、つまり自らの境遇に対する「不平」でした。そうした不平に対する恐怖、貧しい階層に対する無関心は、まさにその無関心によって復讐されるのでは、といった恐怖に変わるのです。

それは、原と一緒に出会った小林に対して「短銃を出す」（百六十三、585）のではないかという「変な妄想」を引き起こさせたのと通ずる気持ちと言えるでしょう。誰もが持っている未知のものへの不安なのです。そこで出されたのは小林宛の「一通の手紙」（百六十三、586）でしたが、それとて、未知の世界の話であるという意味では、依然として津田には「恐怖」の存在でしかありません。それは、それを持ってきた青年（原）が「階級なり、思想なり、職業なり、服装なり、種々な点に於て随分な距離があつた」（百六十二、578）ゆえの恐怖でもあります。小林が「相手が身分も地位も財産も一定の職業もない僕だといふ事が、聡明な君を煩はしてゐる」と指摘する通りなのです（百五十八、561）。ここに出てくる手紙は、将来の小林の姿とも言えるでしょう。

そして、津田は「この手紙ほど縁の遠いものはな」いとしながらも、すこし影響を受けるようにも見えます。

「何処かでおやと思つた。今迄前の方ばかり眺めて、此所に世の中があるのだと極めて掛つた彼は、急に後を振り返らせられた。さうして自分と反対な存在を注視すべく立ち留まつた。するとあゝあゝ是も人間だといふ心持が、今日迄まだ会つた事もない幽霊のやうなものを見詰めゐるうちに起つた。極めて縁の遠いものは却つて縁の近いものだつたといふ事実が彼の眼前に現はれた」（百六十五、590-591）

そして小林は「凡て君には無関係」としながら「君の道徳観をもう少し大きくして眺めたら何う

だい」と促します（百六十五、593）。すると「不安が起る」だろうと。

しかし津田は、「意地にも小林如きものの思想なり議論なりを、切つて棄てなければならなかつた。一人になつた彼は、電車の中ですぐ温泉場の様子などを想像に描き始めた」と書かれます（百六十七、600）。

このあと、津田が小林を引き止めたかどうか、『明暗』には書かれずに終わっています。しかし、おそらく津田やお延が小林を引き止めるような行動を取るべき根拠は少なくとも現在の『明暗』の中にはありません。

津田は「家を一軒持つて」（百五、359）いて、居場所を確保しています。そういう意味では居場所を持たない小林の不安を理解することはないのでしょう。津田は自分の身体・健康への不安を抱え、お延は「何うぞ、あたしを安心させて下さい。助けると思つて安心させて下さい。貴方以外にあたしは憑り掛り所のない女なんですから。あなたに外されると、あたしはそれぎり倒れてしまはなければならない心細い女なんですから。だから何うぞ安心しろと云つて下さい。たつた一口で可いから安心しろと云つて下さい」（百四十九、527）と訴えるほどに、夫との〈関係〉に対する不安を抱えています。

お延の「不安」は心の問題で、津田の不安は身体的な問題です。そして居場所を失った小林の不安はその両方を合わせたものといえるでしょう。『明暗』はしかし小林の不安に共鳴することのついにない定住者たちの不安と、追われていくものたちの不安を描いている小説といえるのです。

※本稿は、二〇一五年五月一六日に早稲田大学主催で開かれたシンポジウム「漱石の現代性を語る」での講演をまとめたものである。

引揚げ・貧困・ジェンダー
——湯浅克衛『移民』に即して[1]

1　棄民・移民・開拓民

近代日本の帝国時代に書かれた、植民地朝鮮を舞台とする湯浅克衛の作品『移民』（『改造』一九三六年七月、のち『カンナニ　湯浅克衛植民地小説集』インパクト出版会、一九九五）は、植民地に渡っていった日本人の初期「移動」と「定着」の一端をつぶさに見せてくれている。

一九一〇年、韓国が日本に合併された年に、日本人はほかに誰もおらず夜になると狼の鳴き声に震えあがるような北朝鮮の田舎に妻と二人で入植した貧しい農民「松次郎」は、東洋拓殖株式会社に割り当てられた土地が期待はずれの荒地であったことに失望する。しかし松次郎はなんとか荒地を開墾しながら地域の朝鮮人村に溶け込み、妻を病気で失ったあと朝鮮人たちに勧められるまま朝鮮人女性を娶りもする。そして生涯その地で暮らしたのち、朝鮮人たちに「あゝ、いい人が死んだ」と言われながら「貴人にも比すべき華やかな葬儀」を出されるところで作品は終わる。

主人公を中心にあらすじを見る限り、この作品は植民地に出かけた日本人が当地の人たちとよい関係を結んだという、現在、植民地支配肯定論者たちが言うような話を証明している物語のようにも見える。

しかしこの作品は、松次郎とは対照的なもうひとりの移住民「儀助」を登場させている。儀助は朝鮮人相手に鍋などを売りあるきながら、その実は高利貸し業を営んでいる人物である。高利貸し業で朝鮮人を苦しめ、時に朝鮮人たちから厳しい仕打ちを受けもするのである。

『移民』が、日本人移住民たちを「善人」と「悪人」の対照的な構図の中に配置して描いているのは確かである。これだけなら、植民者の中にはよい人もいた、というような単純な話と読むことも可能であろう。しかし、「悪人」のはずの儀助は後に（大金持ちとなって）朝鮮に学校を設立して朝鮮の教育に努めたとある。さらに、松次郎は、東洋拓殖株式会社から「二十五年年賦」で払い下げられて苦労して開墾した農地を、地域に新しく建った工場の工員用「宿舎」用地に譲らなければならない状況に追い込まれる（代わりに受領したお金で、家を買ってはいる）。

ここで詳しい分析は控えるが、この物語が、「移民」「植民」の多様で複雑な様態を提示しているのは間違いない。移住民たち、植民者たちの多くは貧しい農民だったこと、そして国家にだまされるような形で移住したこと、しかも帝国が進めた「近代化」（「文明化」として「帝国」の正当化に使われた言説でもあった）の波に飲まれる形で土地を取り上げられたことなどを描いて、幾重にも複雑にからんでいる国家と個人、植民地と帝国の断面を記録しているのである。

とりわけ「帝国」の正当化に使われた「文明化」「近代化」の波を植民者たちもまた受けていた

ことを記したのは、作者の意図とは関係なく『移民』の最大の徳目である。また、「わるもの」儀助が、「学校」を建てて植民地に貢献したことが書かれるのも植民地のアイロニーとして、論議を呼ぶだろう。ただその際、植民者が学校を建てたことを、たとえ「近代化」の功績として評価するとしても、そこにおける教育が、植民地の子供たちを「皇国臣民」にする教育でもあったことは忘れるべきではない。

いずれにしてもこの作品から見えてくるのは、「帝国」とは、国民の「移住」「移動」なしにはありえなかったということである。言い換えれば、帝国を支えたのは兵隊や官僚のみならず、多くの一般人であった[2]。

戦後まもなくまとめられたものとみえる、『日本人の海外活動に関する歴史的調査』の一巻である「通巻第一冊総論」は、明治以降、日本政府が自国民を大量に移住させるまでの経過を詳細に述べている[3]。

ここでは、国民が海外へでかけることをきびしく制限した明治政府がそれまでの政策を緩和するようになる背景を、近代以降「日本本土における人口の増加は極めて急激であつた」（一六八頁）からだと説明している。増加した人口は「人口の商工業化に依り都市的人口として吸収されて行つた」が、「これと同時に、日本は明治政府の成立と共に国民に対し旧来の外国渡航の制限を解いたし、明治後半期以後は続々新領土と勢力範囲とを獲得したので、海外への移住に依つて増加する人口を消化したことも決して少くはない」というのである。

さらに「但日本国民に渡航の自由が與へられた時には、遠くはあるが多くの経済的発展を約束する新大陸の領土は既に確定してゐて、人種的差別からそこへの移住は非常に制限されてゐた」こと、そこで、ハワイやブラジルなどに向けての「農業漁業等の労働を目的とする」（一七三頁）移住から、アジアに目を向けての「商業」移住者が増えたとする。その結果、早くも明治二十四年には「此の頃の朝鮮渡航者はハワイ渡航者に次いで最も多数であつたが、その大部分は商人であり、此等の中には朝鮮に定住するに至った者が少なくな」かったという。「中国への渡航者に就いても同様のことが云え」「日清戦争以後は国民の海外渡航熱が勃興して渡航者が激増」（一七三―一七四頁）したとするのである。

そして、明治四十年に「日米紳士協約日加協約に依って渡航が制限される迄、専らハワイ及び北米であった」状況は、「北米における排日運動」に出会って「不愉快を忍ばなければならなかった」ものの、「この反面は日本がこの時期の前後に於いて新たに獲得した領土と勢力範囲の地域が増加人口最良の天地として考えられ」、「明治四十三年（一九一〇年）三月の議会に於いて小村外相は二十ケ年百万人の大和民族満州移住論を提唱」（一七九頁）するようになる。

その後移民のための施設や設備が拡充されたが、「一九三〇年頃には此の移民に対する施設も漸く組織的に完備して来たが、斯くなった時には、ブラジルに於ても日本移民排斥の声が漸次高まつて来日本国内の増加する人口の海外への捌け口は又もや塞がれる運命に際会せんとするのであつた。恰も此の際に昭和六年（一九三一年）所謂満州事変が起り、日本が明治以来夢にも忘れる能はなかつた満州への大量入国の機会が到来した」。「爾後十余年太平洋戦争の終末を見る迄の間、日本の海外移民に対する努力は、満州に創設された満州国政府と協力の上専ら満州を開拓して産業発展の原動力となり日本の国防第一線を守るべき農業移民をここに植え附けると云ふことに集中したのである」（一八一―一八二頁）。そして、一九三六年には満州国の国策として「二十ヶ年百万戸五百万人入植計画」が公表されるにいたっている。

ここには、近代以降の日本人の海外への移住が植民地・占領地獲得とともに進められたことが明瞭に示されている。わけてもいわゆる「満州開拓団」は、国家にとって「国防第一線を守るべき」者たちで、「農業移民」とはそのために国家が「外地」に「植え付け」るべき人たちとみなす認識には、移住が、「国防」のために国民を動員した国策だったことが改めて確認できるのである。さきの松次郎は、場所は異なっても少し早い時期の「農業移民」にほかならず、本国における「棄民」が、「移動」を通してそのまま「植民」となっていく過程が明確に記されているのである。それは、〝緩やかな国民動員〟だったと言うべきだろう。

とはいえ、占領や植民地ができてそこへの移住が増えたことは事実としても、実際にはすでにあった移住問題を解決することが占領・植民地獲得の目的だったとも考えられる。「移民」としてなら移住者たちが移民先の国家の法律や制度の制約のもとにおかれるが、占領地や植民地となるともはやその必要はなくなるからである。そういう意味では、「移住」した国民に、より有利な法域を作ることこそが「帝国」の目的だったともいえるだろう。

この間、人々の移動を促したのは、先の文献にもあるように「人口過多」という言説であった[4]。しかし、そのような思考が変わって、後には人口を増やす政策へと大転換し、堕胎が禁止されるよ[5]うになるのは皮肉というほかない。

いずれにしても、満州国成立以降は「従来使用された移民と云う言葉を避けて爾後専ら「開拓農民」又は「開拓民」の語が用いられるようになった」[6]（一八三頁）。「開拓民」という言葉は、移住先が「所有主のいない地」であることを印象付け、無から有を生産するような文明・技術の伝播者のイメージを持つ。すなわち「開拓民」との言葉は、そこが他国であることをあえて忘却させる言葉にほかならない。したがって相手国の許可を必要とする場所との認識も薄れさせ、その移住が「帝国」を支える「植民」にほかならないことを隠蔽する、帝国のレトリックでもあったのである。さらに、「移民」という言葉が「移住」に中心がおかれて移住前の帰属地を無化しないのに比べて、当初いた場所までも希薄化するような作用もした。しかも帝国崩壊後にいたってはそのような移住者たちが、本土の人々に単に植民者ととらえられ「よけいもの」扱いされたのは、植民地に渡っていった人々に対する無関心と忘却が生んだものとも考えられる。[7]しかも日本の移住民の「入植」[8]は、たとえば一九三六年に京城に作られた「鮮満拓殖株式会社」などを通して朝鮮人をも巻き込み、朝鮮人の「移動」をも促すことになる。「引揚げ」は日本だけの問題ではないのである。

しかし、「農業移民」やその他の移住者たちが「植民者」にほかならないにしても、彼らの多くが、官僚などのエリートを除けば、日本内で生きて行く方便を見出せなかった人々—棄民でもあったことも合わせて記憶しておくべきであろう。多くの文学作品において「満州」や「朝鮮」にでかけてゆく人々のイメージが暗い影を帯びるのも、そのようなことによるものにほかならない。湯浅克衛の「カンナニ」において、植民地にやってきた日本人少年龍二の父親も、農民ではないがそれまで勤めていた「製鑵工場を馘になつ」て朝鮮へ渡った人物である。

農村の場合、朝鮮や満州へ出て行ったのは主に「二男、三男坊」[9]であった。しかも「満州開拓団」として「移民して行く人々は願書を村長と県知事に提出して許可を受けなければならら」ず、「私ハ真面目ナ移民者トシテ満州デ働キタウ御座イマスカラ満州移動へ御加入ヲ御願ヒ致シマス御許可ノ上ハ今後一切ヲ任セ致シマス[10]」というような文面を計画書の末尾に「保護者」と「本人」の連名で記さなければならなかった。レポーターの大島渚が言うように「こうした屈辱にすら耐えて、人々は移民しなければならなかった」わけだが、「家」に残れずに生まれた地を去らなければならなかったのは主に次男以下の息子たちだったのである。すなわち、国家の棄民・移民政策にすがるほかなかったのは、政治・経済エリートを除けば日本内に居場所を持たなかった人々だった[11]。

そのようにして官僚から農民・商人・浮浪者までさまざまな階層の人々、さらに思想的に「本土」と相容れなかった人々まで占領地や植民地にでかけ、長くは数十年をその地域で暮らすことになる。その数は、敗戦の時点において三百万人を超していた[12]。

2　錯綜する加害と被害

敗戦を迎えたとき、「日本の外務省は、日本人居留民を現地に留めた形での脱植民地化を模索していた」という。「日本政府は移住者たちを残すつもり」[13]だったが、移住者たちは敗戦によって味わった「侮蔑感」ゆえに引揚げを選択したというのである。

それは、日本政府が彼らをもう一度「棄民」にするつもりだったことを示す。また、移住者自身も「終戦」を、日本に「帰る」ことを意味するとは受け止めていなかった。「負けたからといってなぜ帰らねばならぬか」「「三年すれば、また来られる」とのうわさも流れた」「内地に引き揚げなければならないとは思ってもいなかった」[14]といった述懐はそれを示している。それは、移住者たちが、敗戦を単なる「戦争」の終息と考え、「帝国」の崩壊とは認識しなかったということであろう。植民地や占領地における平和は戦争や軍隊によって守られていたのであり、そうであるかぎり敗戦は「支配の終焉」を意味したはずだが、そのようには考えなかったのである。「引揚げ」という事態を単に「戦争」の結果として理解するそのような意識は、自らを「植民者」ではなく単なる「移住者」とみなす自己認識ゆえのものと言っていい。

たとえば舞鶴引揚記念館が出した資料には「植民地」のことがまったく触れられていない。[15]また、実際の記念館の展示もそのような基調は変わらない。[16]さらに、引揚げ体験を書いてベストセラー作家となった藤原ていも、ただ、「戦争を知らない人たちに、戦争とは、どれほど罪深いものであるかを伝えるために」書くのだとしている。[17]藤原の夫でやはり作家となった新田次郎も同じインタビューで「悪夢のように苦しい毎日」があったとし、引揚げ者たちが体験を語るのを忌避することに触れながら「嫌な思い出など誰だって忘れたい。すべて戦争が為せるわざである」とのみ語る。[18]

しかし、「戦争さえなければ」との言葉は、占領地や植民地において被支配の状態が続くことを意味する。戦争によって獲得された植民地・占領地へでかけていったという、国家の「植民」政策を受け入れての「移動」があってこその「引揚げ」だったことはまったく認識されていないのである。そういう意味では引揚げ者の手記から「植民地主義の意識の欠落」[19]を読む指摘は早い時期の、至極妥当なものだった。

そして、こうした状況は「引揚げ」に対する戦後の無関心をも引き起こした。引揚げを単に戦争の結果とする判断が、植民地支配への無関心と忘却も引き起こしたと考えられるのである。

引揚げは、自決と殺し合い[20]、死体遺棄、子供遺棄、子殺し、子供の売買、酷寒、飢え、腸チフス・マラリア・コレラなどの伝染病、足手まといになるとみなされた者の自殺、強姦、暴力、略奪など、厳しく凄惨な体験を伴うものであった[21]。しかも、多くの手記や小説は、ソ連人や朝鮮人に身を売る婦人の存在[22]や「カボチャ一個と子供を交換」「子供に婦人まで中国人に売る」「落伍者の靴を剝ぎ取る」「非戦闘員は自決[23]」など、日本人同士の、生き残るためのエゴイズムや葛藤をも描いている。すなわち、「引揚げ」は、単にソ連軍や「植民地」や「占領地」の人々に対してのみならず、引揚げ者同士の加害・被害体験でもあった。

たとえば新田次郎は、インタビューの中で、「延吉の日本人捕虜収容所で一冬に死んだ人は五万とも六万ともいわれ」るとして「一般に引揚げ者は引揚げの話を努めてさけようとする傾向がある。生きてきた者は多少なりとも死んだ人たちにすまないことをしているので、そういうことに触れられたくないのであろう[24]」と述べている。実際に、数ヶ月から数年かかった引揚げの日々を、「醜い人間性をむき出しにし」た[25]、「日本人同士の内輪もめ」の日々であり、家族利己主義のみならず、家族内のエゴイズムの丸出しを目撃したとする証言は少なくない。引揚げ者たちは引揚げの際、「人間のほんとうの顔」を見たと考え「人間不信[26]」に陥ってもいたのである。引揚げ者たちが、引揚げ体験を「傷が深すぎ[27]」「悪夢[28]」と認識するのは、それが単に被害体験であるに留まらず、まさにそのような加害体験でもあったゆえのことと受け止めるべきであろう。

こうしたことは、「引揚げ」という事態が、単に占領地・植民地との関係でのみ考えられるべき事態ではないことを教えてくれる。つまり「引揚げ」とは、それまでの占領地・植民地における構造的加害に基づく被害体験でありながら、日本人―植民者―引揚げ者同士の、加害・被害の錯綜した体験でもあった。

さらに、「引揚げ」は、原爆体験とは違って、「外地」における体験であったため、朝鮮人への変装、子守や風呂場洗い、住み込みなどの朝鮮人の家での労働、強姦や売春など、転倒した権力構造が強いる、屈辱と悔恨をともなう体験でもあった。[29]「天皇の赤子」として「兄弟」であったはずのアジアの人々の冷たい視線と暴力にさらされた元植民者―引揚げ者たちに、「植民地という圧迫する立ち場にあった私たちの日常が力の交代によって、逆の立ち場に立つ屈辱感」は「恐怖そのもの」[30]でもあり、引揚げ者たちの「戦後」におけるアジア認識をも規定することにもなった。それは複雑な「感情」体験でもあったのである。

『流れる星は生きている』ほかの多くの手記は、女性たちがソ連軍の強姦を避けるために髪の毛を短く切り、煤で顔を黒く塗って逃避した経験を書き残している。作家の澤地久枝も、日本人女性が身を守るためにしていた「断髪」の体験を語る。[31]しかも、その加害者はソ連軍だけでなく米軍や朝鮮人にもわたっていた。[32]暴行されて妊娠してしまった女性たちは、帰国後麻酔もしないまま中絶するような過酷な体験をすることになる。[33]

このようなことを調査してまとめた『水子の譜――ドキュメント引揚孤児と女たち』は、管見の限りそのような女性たちの心と体の痛みを、戦後日本においてはじめてまともに受けとめたものである。しかし、この書は「日本人の被害の側面のみが強調され、加害者としての側面が希薄である」[34]と批判されたという。その批判とは、先の「植民地主義の意識の欠落」とも通ずるものと言えるだろう。

しかし、「植民地主義の意識の欠落」を作ってきたのはむしろ、それを見ること自体を怠ってきたからではないか。つまり、加害者の被害の問題を直視しなかったこと、被害に起因する恨みや憎悪についてまともに考えることなく抑圧してきたことこそが、差別や嫌悪といった、ある種の心理的「欠落」を作った遠因のひとつと考えられるのである。それは、その後のアジアとの関係において様々なねじれや矛盾を生むようにもなった。[35]「引揚げ」はまさに、アジアにおける「戦争・ジェンダー・貧困」を考える際の、「今」「ここ」の問題でもあるのである。

3 貧困とジェンダー——引揚げ者の戦後

日本人・植民者同士の葛藤は、帰国後は本土の「原住民」[36]との心理的葛藤もはらむことになる。敗戦直後の日本にとって六百万人もの人々の帰国は食糧問題につながる問題でもあり、決して歓迎される状況ではなかった。その辺の事情をあるルポは次のように語っている。

終戦と同時におびただしい引揚者が帰国して来たが、政府の温かい手は何も彼らに差しのべられなかった。彼らのために僅かに協働の力を与えたのは、義侠から引揚者の冷遇に反抗したボスの一群である。或る時は、街の顔役達と張り合い、焼跡の建物を占領して引揚者を収容したり、恐喝によって授産の機具を獲得したり、自分を戸主として、三百人もの引揚者を家族として届け出、配給権を獲得して食料の確保に努めたりしたいわゆる非合法の援助であった。もとより彼等の実体の中には、か弱い引揚者に対する搾取階級としての面が無かったとは言い切れないが、現在の引揚寮、援護対策はこのように、体を張って無理を押し切って来た人々の遺物である。[37]

「家と職から見棄られた引揚者」たちは都会へ出たが、そのことは「浮浪生活への玄関」をくぐることでもあった。多くの引揚げ者たちは露店商や闇商をしながら失望と絶望の中を生きることになる。本国の人々の「蔑みの眼[38]」に耐える「戦後」を生きることになった引揚げ者たちは、「孤立・孤独」「劣等感」に陥り、「感情をなくし」「自閉症[39]」を抱えることにもなる。[40]

このように、引揚げ者に対する差別の根源はまずは彼らの貧困に起因するものだった。しかし、同時に、彼らへの差別はジェンダーや冷戦構造にもからめとられる形でそれぞれ異なった形で現れてもいた。

右記のルポは「死別した夫の実家を頼って帰った未亡人の生活は殊に惨めだ。封建的な遺風の特に濃い地方では、やがてこういう女を他所者として、はじき出してしまう。その他夫婦、父と子、母と子の間でも、さまざまの行き違いから、新憲法の理念を履き替えて簡単に絆を断とうとする。こうして引揚者の生活の第一歩は、家族関係から大きく揺らぎだ[41]」したと書きとめている。

帰国後、既婚女性たちの多くは夫の縁故を頼って全国各地にちらばることになるが、そこは女性たちにとって必ずしも落ち着ける場所ではなかった。ある意味でそれらの地域は、彼女たちにとってそれまでの異国以上に無縁なところでもあったのである。たとえば作家日野啓三の作品は、引揚げ者である母親が、常に「鬱状態」(『彼岸の家』一一四頁)だったと記す。「父にはそこが生れ育った故郷だったが、母には朝鮮以上の異郷だった」(同一五五―一五六頁)ことを作者はその原因とみなす。息子は「あの母のうつろな眼は、形になった私の心だ」(一二〇頁)と書きとめて、引揚げ者「女性」と「二世」の感情と体験が一世の男性とは異なっていたことを教えてくれる。同じ引揚げ者でも、女性たちは家父長制による苦しみをさらに味わわされてもいたのである。すでに引揚げの道中、ソ連軍の要求にしたがって日本人集団から女性が生贄として差し出されるようなこともあったが[42]、彼女たちは集団に戻ってきた際、白い眼で見られることになる[43]。言うまでもなく、ジェンダー規範による視線であり、そういう意味では「引揚げ」とは幾重にもねじれたジェンダー体験でもあった。

引揚げの際女性たちが足手まといになるということで、子供とともに最初に犠牲者となる場合が多かったことも帝国とジェンダーの関係を浮き彫りにしている。たとえばある満州開拓団を追悼する墓碑に刻まれた名前は「老幼婦女子と思われるものが多かった[44]」という。集団自決の場合、女性は子供を、男性は女性の命を管理する。

「引揚げ」できなかった女性たちを除けば、「女性」たちにとってもっとも悲惨な体験は、やはりソ連ほかの「戦勝国」や植民地・占領地の男性による「敗戦国」女性としての性的被害、強姦とその後の中絶体験であるはずだ。そういう意味でも「日本において国家黙認の下で大量の強制堕胎がおこなわれ、「混血児」が徹底的に抹殺されていた事実、堕胎手術を受けた女性や治療に当たった関係者が重く口を閉ざしながらも、歴史から完全に忘れ去られることに対するやり切れない思いをどのように受け止めればいいのか、それに対して戦後歴史学はいまなお応えてはいない[45]」との指摘は重い。堕胎が「混血児」の「抹殺」であったとの認識はまさにその通りで、そのことは戦後日本を考える際きわめて重要な事柄と言わねばならない[46]。

ただ、強姦と堕胎による心身の痛みに耳を傾けるとしても、そこにはさらなる複雑さがある。同じ「堕胎」でも、女性たちが直面した状況や意識、さらに思いは必ずしも一様ではなかったのである。

たとえば、「敗戦」を耳にした瞬間、結婚していた中国人の子供を身ごもっていながら中絶を思い立った女性がいる。それは、「内鮮一体」や「五族協和」といった「帝国」のキャッチフレーズが虚妄でしかなかったことを露にするものである。しかも、同じく朝鮮人女性も、日本人との結婚で授かった子供に対する拒否の気持ちを表している作品もある。「帝国」崩壊後、それぞれの国家が古くから単一民族国家だったかのような顔をして始まった、ねじれた「戦後」「解放後」の構築に、彼女たちもまた加担していた。さらに、引揚げの道中日本人同士においてもさまざまな性的関係があったことも多くの手記や小説が記している[47]。引揚げに伴う「日本人女性の被害」の実態は決して一様ではない。

いずれにしても、女性たちが引揚げ途上の苦しい体験を堕胎によって葬り去り、「新生」を望んだとしても、そのことを非難することは誰にもできない。しかし同時に、そのようなことが単に個人の「新生」を用意することに留まらず、帝国時代の「内鮮一体」や「五族協和」時代にありふれていた「混血」を隠蔽する「戦後」日本の純血主義――単一民族主義――に加担したことになることは記憶されるべきであろう。しかも、その際のソ連や植民地に対する憎悪が、植民地や共産主義に対する特殊な感情体験を女性たちにさせたことも今一度考えられるべき事柄のはずだ。

4 当事者に寄り添う

こうした認識は、日本の帝国や植民地をめぐる議論を国家・国民単位の「圧制」と「抵抗」のみの二項図式を作り、持続させてきた。それは、移住者の多数を占めていた「普通の植民者」の経験や思いをも排除した。そして、そのことこそが、「植民地」の理解を平板にし、「戦後日本」をただ「帝国意識の断絶[48]」した空間か、逆に戦前と連続した空間とみなす一面的な理解のみを生んだものといえる。さらに、そのような理解は、かつて竹内好が警告した「単純化」を、現在にいたるまで踏襲している。かつて竹内はつぎのように語っていた。

引揚げ体験が全部被害者意識で悲惨な追憶になると、これはあまいんだということを、私なんか、ちょっといいきれないところがあるんだな。当人たちにとっての切実さは、どうしようもないものがある。だけど、それをそのまま認めることではないですよ。そんなことではいかん。朝鮮人のことを考えろ、といっても、何くそと受け取られると思うんだ。そこに何かもう少し操作を加える、身近なところでできることがあるかどうか、ということはどうでしょうか。[49]

竹内は、対談で「現実の生活の場に引揚げ体験を生かす場合に、どのような意味をもたせていったらいいか」（九八頁）とする編集部の質問に対して「この問題はひじょうにむずかしい」としながら「外地に連れていかれた日本人は一種の強制連行です。その人間が終戦で、いちおう自由になったときに、やはり、国家の意思で帰ってきたということ」とも語っている。[50] このような竹内の認識は葬られたままだったが、今一度思い起こすべきではないか。

遺骨を半分京城（ソウル）に埋めてほしいとした父親の遺言を聞かなかったという本田靖春の選択は、そのような二分法による判断と行動であろう。というのも、父親を「加害者」とみなしてのその選択は、「植民地」の人々の思いを汲んでのものである点では評価できても（しかしそのこと自体も検証が必要だ）、その土地に対する父親の思いと痕跡を無視し歴史から隠蔽することにもなるからである。

朝鮮半島には多くの「植民者」たちがいまだ埋められている。冒頭でとりあげた「松次郎」のように「引揚げ」以前にその地で亡くなった人をはじめ、引揚げの際満州や北朝鮮で犠牲になった何万ともいわれる犠牲者たちが、きちんとした埋葬ではない形で埋められているのである。

その人たちへの慰撫はどのように可能なのだろうか。「引揚げ」できなかった人々のみならず、いわゆる「日本人妻」を含む未引揚げ者とその後裔は、戦後・解放後の日韓ですっかり忘れられてきた。[51]

未引揚げ者が生まれた背後には、結婚していても夫が日本人ではない場合には引揚げを認められなかった「制度」の問題があった。[52]さらにそのようにして残った子供の場合、時間が経って引揚げてきても言葉ができないことから困難に直面していた。[53]そして内鮮結婚による「日本人妻[54]」たちは「解放」された韓国で、「解放」とは程遠いつらい日々を生きなければならなかったのである。

かつての「棄民」たちは、戦後における新たな「棄民」となった。また、帰国した引揚げ者でも、「故郷」であるはずだった占領地や植民地から追放されたという意味では、帰る故郷のない「ディアスポラ」にほかならない。定着できる居場所を得られなかった引揚げ者の多くは、地方へ新たな「開拓民」として「入植」されてもいた。帝国もまた、ディアスポラを生むのである。しかし、引揚げを経験した帝国は、何もなかったかのように「単一民族国家」に戻り、「帝国」の記憶を封印した。「引揚げ」の忘却は、その中に存在したイデオロギー、階級の分断と対立の起源をも隠蔽・忘却させ、その根っこにある貧困とジェンダーの問題も見えなくしたのである。

注

（1）この論文は、韓国の学術誌に掲載した論文（「引揚げと戦後日本の定住者主義」、『韓国日本学報』二〇一二年一二月）に基づいて行った二〇一五年六月の日本社会文学会での講演をまとめたものである。

（2）こうした認識はほかに「小林勝と朝鮮」（『日本文学』二〇〇八年一一月）、「引揚げ文学論序説――戦後文学のわすれもの」(『日本学報』二〇〇九年一一月、韓国日本学会)、「後藤明生『夢かたり』論――内破する帝国主義」(『日本学報』二〇一一年二月、韓国日本学会)、「後藤明生『夢かたり』――植民地的身体の戦後の日々」(『日本学報』二〇一二年二月、韓国日本学会)、「おきざりにされた植民地・帝国後体験――「引揚げ文学」論序論」(伊豫谷登士翁・平田由美編『「帰郷」の物語/「移動」の語り――戦後日本におけるポストコロニアルの想像力』平凡社、二〇一四)などでも示した。

(3) 大蔵省管理局『日本人の海外活動に関する歴史的調査通巻第一冊総論』(刊行年度未詳)。北南米からアジアにいたる日本人の海外移住の背景や活動について詳しく記しているこの冊子は、刊行年度が不明である。ただ、内容からして戦後間もない時期のものと見え、早稲田大学の図書館のウェブサイトには刊行年度が「一九四九?」と記されている。早稲田大学に所蔵されているものにはそれぞれ「取り扱い注意」の判が押されるなど、外部に流出されないように気を使った形跡が残っている。なお、この文献は二〇〇二年に復刊(ゆまに書房)されている。

(4) 「友邦満州国に二百戸の村民を送」ることを計画した長野県西筑摩郡読書村が書いた「分村計画書」にも「分村」を計画した理由として「その根本的要件の一つは土地問題なり。……「土地の広さに比し人口過多」、これ本村の現状にして、又最大の悩みなり」としている。そのような認識は「耕地は狭隘にして半歳を支ふるに足る食糧を生産し得ず」(二〇三頁)という理解から来ているが、「人口」自体よりは「人口」をささえるだけの産業が存在しなかったということであろう。さらにこの文献は「農業は実に国家の根幹なり」と考える農本主義のもとに「農民魂を以って満州の曠野を招きてこそ、天業を翼賛し奉る所以なるべし」とも記している。農民が「開拓民」として選ばれた背景に、ナショナリズムを支える農本主義が働いたことが分かるのである。引用は、大島渚「ルポールタージュ　消えた長野県『読書村』」(『潮』一九七一年八月)による。

(5) 金津日出美「近代日本における『堕胎ノ罪』の成立」(『女性史学』六、一九九六)。

(6) 森崎和江によると「移民」とは九州では「海外への出稼ぎ」という意味合いで使われたという(『からゆきさん』朝日新聞社、一九七六、二〇頁)。

（7）詳しくは注2の朴裕河論文を参照されたい。なお、このような忘却は歴史研究分野も例外ではなく「植民地に渡っていった人々に関する研究はこれまであまり行われてなかった（戸邊秀明「ポストコロニアリズムと帝国史研究」（日本植民地研究会編『日本植民地研究の現状と課題』アテネ社、二〇〇八）という。

（8）大蔵省管理局、前掲書、二二四頁。

（9）浅野豊美『帝国日本の植民地法制』（名古屋大学出版会、二〇〇八）五八九頁の城戸忠愛『私有財産論――在外財産補償要求運動史』からの再引用。なお、引揚げ者の手記にもたびたび同じような記述を見ることができる。朝鮮に渡って教師となった、作家五木寛之の父親も、「貧しい百姓」の「二、三男に生まれて」（『運命の足音』幻冬舎、二〇〇二、三一頁）いた人物であった。

（10）大島渚、前掲書。

（11）経済的困窮といった理由以外に思想的理由で満州へ渡っていった人は少なくない。たとえば、五味川純平『人間の條件』はそのことを記しているが、帝国主義に批判的だった人々がそこへでかけていったことは、そのアイロニーをも射程に入れての研究が望まれる。

（12）民間人だけで三四一万人、軍人・軍属三一一万人であった。浅野、前掲書、五六八頁。一九九〇年一月の時点において三一八万五九八八人とした調査もあるが、この数字は引揚げ手続きをしたもののみで終戦直後の混乱期に手続きなしに入国したものが、少なくとも三〇万人あるとされてもいる（若槻泰雄『戦後引揚げの記録』時事通信社、一九九一）。

（13）外務省は「在シナ居留民はなるべくシナに帰化する様取計ふこと」という通達を出していた。浅野、前掲書、五七八―五八一頁。

（14）創価学会青年部反戦出版委員会編『戦争を知らない世代へ55福岡編――死の淵からの出帆』（第三文明社、一九七九）一九五頁、二〇五頁。

（15）『母なる港舞鶴』（舞鶴引揚記念館、一九九五）。

（16）参照した小冊子は二〇〇七年三月の改訂版である。一九九五年初版刊行当時の意識が最近まで続いてきたと見るべきだろう。

(17)「引揚げ者一〇〇人の告白」(『潮』一九七一年八月、一一四頁)。
(18)前掲「引揚げ者一〇〇人の告白」、一一四―一一五頁。
(19)成田龍一「「引揚げ」と「抑留」」(『岩波講座アジア・太平洋戦争4 帝国の戦争経験』二〇〇六)、一八二頁。
(20)前掲「消えた長野県『読書村』」「引揚げ者一〇〇人の告白」など。なお読書村は「戦略部落」と言われていた。
(21)以上、天内みどり『芙蓉の花』(近代文芸社、二〇〇九)、中国引揚げ漫画家の会『少年たちの記憶』(二〇〇二)、『朝鮮終戦の記録』資料篇第1・2・3巻(巌南堂書店、一九七九―一九八〇)、上坪隆『水子の譜――ドキュメント引揚孤児と女たち』(文元社、二〇〇五/初出、徳間書店、一九七九年)ほかによる。
(22)「日本の〝カミュ〟たち――「引揚げ体験から作家たちは生まれた」」(『諸君!』一九七九年七月)。
(23)森本哲郎「極限状況からの出発」(『潮』一九七一年八月)。
(24)前掲「引揚げ者一〇〇人の告白」、一一五頁。
(25)前掲「引揚げ者一〇〇人の告白」、一六四頁。
(26)以上、前掲「引揚げ者一〇〇人の告白」、一四八頁。
(27)藤原てい、前掲「引揚げ者一〇〇人の告白」、一一四頁。
(28)新田次郎、前掲「引揚げ者一〇〇人の告白」、一一四頁。
(29)前掲『水子の譜』『芙蓉の花』など。売春に関しては、「引揚げ者一〇〇人の告白」(一八九頁)にも言及がある。朝鮮人相手の売春もあったようであり、後藤明生の小説『夢かたり』のうち「従姉」には、ソ連軍相手の売春をほのめかす話が書かれている。
(30)前掲「引揚げ者一〇〇人の告白」、一五五頁。
(31)「日本の〝カミュ〟たち」、二一三頁。
(32)創価学会青年部反戦出版委員会、前掲書、一八〇―一八一頁。「必死になって私をアメリカ人の手から守ってくれた母」(一六四頁)という記述も見られる。

(33) 上坪、前掲書に詳しい。
(34) 同書あとがき。
(35) たとえば、二〇〇七年の春、韓国でそれより二年前に翻訳出版されていた『요코이야기와 우리의 무의식』(Seoul. Munahakdonne, 2005. 原作は Yoko Kawashima Watkins, "So far from the bamboo Grove", Beech Tree, New York) に朝鮮人による日本女性の強姦が描かれていることをアメリカ在住の韓国人父母たちが問題化し、中学の副教材としての使用を中止することを訴え出た事件がある。そのことが韓国に伝わって、そのことを「うそ」とみなした人々が激しく反発し、結局韓国の翻訳本は出版中止に追い込まれた(日本語版は『竹林はるか遠く――日本人少女ヨーコの戦争体験記』ハート出版、二〇一三)。
(36) 前掲「引揚げ者一〇〇人の告白」、一三八頁。引揚げ者たちは自分たちを「在日日本人」と感じていた。
(37) ルポルタージュ「引揚げては来たけれど」(『中央公論』一九四九年二月)。
(38) 前掲「引揚げ者一〇〇人の告白」、一一五頁。
(39) 天内、前掲書、九四、九六、一〇三頁。
(40) 注2の朴裕河論文のうち「引揚げ文学序説――戦後のわすれもの」。
(41) 前掲、ルポルタージュ「引揚げては来たけれど」。
(42) 上坪、前掲書。
(43) 藤原てい『流れる星は生きている』(日比谷出版社、一九四九)。
(44) 春木一夫「泣き叫ぶ子を河に沈めて――ポラン河の惨劇」(『潮』一九七一年八月)。
(45) 阿部安成・加藤聖文「「引揚げ」という」歴史の問い方(下)」『彦根論叢』三四九、二〇〇四年七月、六四頁。
(46) 朴裕河「요코이야기와 우리의 무의식(ヨウコ物語と我々の無意識)」(『来日新聞』二〇〇七年二月二一日)。
(47) たとえば、ブラジルに移住した満州からの引揚げ者作家のリカルド宇江木「白い炎」など(www.100nen.com.br/ja/ueki)。この作品の存在に関しては西成彦氏の教示を得た。
(48) 前掲、阿部・加藤「「引揚げ」という歴史の問い方(下)」五一頁。

(49) 対談竹内好・鶴見俊輔「本当の被害者は誰なのか」(『潮』一九七一年八月)。

(50) なかにし礼も、引揚げに関して「国家に見捨てられた」(『ニッポン人脈記2 アジアの夢』(朝日新聞社、二〇〇六、一五〇頁) としていて、国家の対応を批判している。

(51)「捨てられた韓国の日本人」(『棄民』、学芸書林、一九六九)。

(52) 森田芳夫『朝鮮終戦の記録　資料篇第三巻　北朝鮮日本人の引揚』(巌南堂書店、一九八〇、四三二頁) に、北朝鮮で朝鮮人男性と結婚して八年、子供がふたりいる女性が「残留を認められず、泣く泣く別れて来たけれども……」との記述が見える。

(53) 中村格「韓国引揚げ者子弟の生活記録」(『日本文学』一九七一年六月)。欧米の帰国子女は「企業団体の後援もあって、政府の注目するところとなっているが、同じ帰国者の中でも韓国からの引揚げ子弟に関しては、ほとんど省みられず、野放しにされている状態」「いわれなき差別と貧困に苦し」んでいると書く。

(54) 二〇〇七年三月三日、韓国SBSTVは、日本人妻についてのドキュメンタリーを放送している。「그것이 알고 싶다―아카타할머니의 세가지 소원」(それが知りたい―アカタおばあさんの三つの願いごと)

「交通」の可能性について

——小林勝と朝鮮

　支配と被支配という、不平等な関係におかれていた国同士の人々の間における真の出会い——「交通」は果たして可能なのだろうか。一般には、贖罪と許しといった「その後」の儀式がそれを可能にするかのように考えられている。しかし、それは必要条件ではあっても十分条件ではない。なぜなら、支配・被支配の関係は、実のところ加害・被害の主体の集団記憶と必ずしも一致しないことがあるからだ。否、むしろ国家レベルでの支配と被支配の関係はそれぞれの内部における加害と被害の錯綜した関係を覆い隠すことさえあって、そのために封じられた別の記憶たちは、常に大文字の「贖罪と許し」の枠組みの不十分さを突くものとして今日もなお存在し続ける。だとしたら、過去から自由な、新しい出会い——「交通」の可能性は、加害と被害の公式記憶だけでなく、むしろ封じられ、葬られていた個々の記憶をも再生させ、耳を傾け、最終的に癒すことにこそあるはずだ。

　いまではほとんど忘れられた感のある小林勝（一九二七—一九七一）の作品群は、そのような意味においての「交通」の可能性をかいまみせてくれている。小林勝という作家は、植民地とされた朝鮮で生まれて、四十三年というあまりにも短い生涯を「朝鮮」とそれをめぐる心象風景を描くことに捧げた作家であった。小林自身が「日本と朝鮮、日本人と朝鮮人――これを現実の様々な展開に密着しつつ、自らを解き放ち真に対等の関係となるべき未来にむかって透視していくという作業」(「私の朝鮮」、単行本『チョッパリ』あとがき)と定義しているように、小林の生涯のテーマが単に「日本と朝鮮」にとどまらず、その「対等の関係」の実現する「未来」にあったことはもっと注目されていい。いわば小林はもと植民地人という他者との「交通」の可能性を模索することで過去を過去化せずに未来へ開こうとしていたのである。小林の作品を単なる「贖罪意識に還元することほど安易な評価はない[1]」との指摘はそういう意味でするどいものと言えるだろう。また小林が「真実生涯をかけて、ひと筋に朝鮮および朝鮮をテーマにして、情熱を傾け、その情熱を死に至るまでともしつづけた作家はほかにいない[2]」「「朝鮮」と全身で格闘してその途次に倒れた」「こういう人は日本の作家に他にいるかどうか[3]」と、在日朝鮮人たちから言われていたのは、そのような小林の作業が、たとえ日本近代文学の主流として花咲くことがなかったとしてもしっかりと受け止められていたことを示していよう。

本稿では、小林が、植民地という「不平等」な関係におかれていた「朝鮮」とどのように出会っていたのかを探り、「戦後」になってもなお孤独に続いていた小林における「過去」との「交通」――それは未来に開く、という意味でもまぎれもない「交通」模索の試みだったが――について考察する。テキストとしては小林の死後一九七五年から一九七六年にかけて出された『小林勝作品集』(白川書院)全五巻を対象にした。

1　痛みと恥――「交通」の回路

まず、簡単に小林勝の略歴を紹介しておこう。小林は一九二七年に朝鮮の慶尚南道の晋州に農林学校の生物教師の父親のもとに生まれた。一九四五年三月、十七歳で陸軍航空士官学校に入学するが八月の敗戦で復員することになる。一九四八年に日本共産党に入党、次の年に早稲田大学の露文科に転入学する。一九五二年六月、朝鮮戦争・破防法反対のデモに参加して火焔瓶を投げ現行犯として逮捕され、東京拘置所に拘留された。以後数年間にわたる裁判を続けながら仮釈放や拘留を繰り返し、急性肺炎を起こして病身となる。最初に拘留された次の年から小説を発表しはじめ、一九五六年には「フォード・一九二七年」で芥川賞候補にもなるが、結核となって二度にわたる肺切除の手術の後、一九七一年に永眠した。[4]

このような小林が残した作品のうち、本稿では一九六七年つまり明治百年に当たる年と、一九六九年に発表した四つの作品「夜の次の風の夜」「目なし頭」「蹄の割れたもの」「万歳・明治五十二年」を中心に見ていきたい。

まず、新日本文学一九六七年五月号に発表された「夜の次の風の夜」（以下「夜」とする）は「光栄ある明治七十一年」（傍点は小林）という副題が付いていて、これが明治「百年の内実を暴露」し、「希薄な歴史認識しか持ち得ないことへの警告」[5]であることは確かであろう。しかし、この作品はそのような重い意図が叙情的とさえ言える意匠とともに効果的に提示されており、高い達成度を示している。

この小説の主軸となっているのは、植民地朝鮮を舞台に、ある寒い冬の夜、農林学校の日本人教師の家で行われる夫婦とその子供、訪ねてきた「巡査」による四人の会話である。少年が見たとして話す「崔さんへ」の警察による拷問場面と、教師の勤める学校の学生たちによる読書会の場面が交互に入れ替りながら進行するが、このような「現在」の三つの場面から小説はさらに離れて、時をさかのぼって豊臣秀吉の侵略に遭っている朝鮮民衆の悲惨な場面も描いている。

そして現在時における三つの物語を結ぶのは「風」である。いわば、「風」は数百年前のことを見た「歴史」の証言者として、「凍りついた真冬の太白の峯々からまっしぐらに駆けおり、夜の闇の中にゆるやかに蛇行する洛東江に沿って走りつづけ、樹の殆どない山襞の間にひっそりと身をひそめているこの町」に「襲いかか」って、「李朝宣祖壬辰の年に、不意にこの山奥の小さな町になだれ込んできた異様な殺戮者の一団そのままのすさまじさで走る」ことで「過去」をよみがえらせるのである。

この作品は、やや唐突な感じを与える子供「和之」の話から始まる。

「だって嘘じゃないよ、ほんとによく聞こえたんだよ。ひいひい泣いて、あんまりながく続くもんだから、ひと晩じゅう泣いているみたいだったんだよ」と、冬の季節にはいって白いぴりぴりした網目の一面に張った赤い頬をいっそう赤くさせ、須永和之が力んで言うと、「ひと晩じゅうだなんてそんなことはないよ」と加納田巡査がおかしそうに笑った。「ひと晩じゅうじゃなくて、あれはほんのちょっとだよ。和坊は子供だから、ひと晩じゅうみたいに感じたんだよ」

加納田がほかの警察官とともに大伍の勤める学校の小使い「崔さん」を拷問していたとする少年の話は、大人たちに無視されたり、否認されるだけだ。しかし少年は大人たちの無視や否認にめげずに絶えず大人たちの会話に入りこみ、巡査が「嘘泣き」として黙殺しても自分が見たことを話し続ける。

「(略) ほんとにあれは痛かったんだ。どすんどすんて音がするたびに崔さんが泣いて、耳にふたしたってだめだったんだよ。崔さんはぼくにすごく長い、一メートルもある、ポプラの笛をつくってくれたんだよ。加納田さん、一メートルもある笛つくれる?」

「つくれないな」と加納田巡査が健康な歯をみせて笑った。

「ぼおおおおって、低い音がするんだよ。ぼおおおって、とても低い、そりゃあすてきな音がするんだから」と須永和之はよく動く小さな黒い眼をうっとりうるませた。「じゃあ加納田さん、短い笛ならつくれる?」

「長いのも短いのも、おじさんはポプラの笛なんてつくれないよ」

少年をして、「崔さん」の苦痛を「ほんとにあれは痛かったんだ」と、あたかも自分の苦痛であるかのように感じさせているのは、崔さんに作ってもらった「橇」や「凧」などの記憶であろう。

そして、拷問の行為者にそうしたものを「つくれる？」かと訊くことで、朝鮮人の「崔さん」のほうが少年の胸にひとつの「故郷」として位置づけられていることが示され日本人の「巡査」との心の距離が浮かび上がってくるのである。

少年の感性――「崔さん」という他者の痛みを自分の痛みのように感じ取る感覚は、たとえば別の作品「瞻星（せんせい）」に現れるような、植民地女性の「恥」を自分のことのように感じ取る感受性と同質のものと言っていいだろう。

「瞻星」の主人公達城の日本人の友人は朝鮮人を「立派な皇国臣民」だとほめ、「釜山から平壌まで、いたるところで、国防婦人会や愛国婦人会の人たちを見」、朝鮮人の彼女たちが「みんな、あのぞろっとしたチマ（朝鮮服のスカート）をぬいでモンペ姿に変っていた。ここまで進歩したのかと、おれは感心したよ。これで朝鮮も大丈夫だと安心したな」と語る。しかし、達城にはそうしたことは単なる恥の記憶でしかない。「モンペ！　釘をうつ手が狂い、達城は人さし指をいやというう程うった。彼はうめきをこらえ、指を口に含んだ。指は口の中で燃え、骨は口の中で裂けるようである」。同じ時期彼は母のまさにその姿を見ているのだが、それは「朝鮮服のチマとよばれる長いスカートをつけず、パジという長いズボンに似た下着だけで外出しようとしているのを見て驚愕した」記憶でしかなかったのである。

母がパジで外出する！　下着だけで！

決して叱ったことのない優しい母であった。人がいようといまいと、服装にいささかも乱れをみせない優しい母だった。その母がパジで外へ出る！

達城が大きな声でそれを言うと、母は悲しげな微笑を浮べて言ったのだ。今日は国防婦人会として出かけねばならない、上からのおたっしで、朝鮮人も日本人と同じようにモンぺをはけというこ とになった。しかしわざわざモンぺをつくるのはぜいたくである。朝鮮人はチマをぬいでしまえ、パジがモンぺに似ているから、それでよろしい、といわれて、みんな下着姿は悲しいが、余儀なくこうしているのだ、と語ったのである。

母親を凌辱されたようなその時の怒りと憎悪を達城は新しく思いだしたのだった。（「瞻星」）

このような感性は、「きたない」植民地の描写が、常に「貧しさ」との関連で受け止められていることにも通ずるものといえるだろう。いわば小林の主人公たちは、植民地人の「恥」と痛みと貧しさを感じ取る感受性でもって、「文明化」に基づく帝国主義者の差別意識[6]からどうにかこうにか自由でありえたのである。

植民地化は、近代化を伴うことによってその「功」でもって負の側面が帳消しにされる傾向にある。実際に小林の小説においても、「裁判所や郡庁や学校や銀行支店や商店なんかが次々と出来たから〔朝鮮人の町が〕今では町はずれになってしま」（「万歳・明治五十二年」、以下「万歳」）うような状況の中でも、日本人たちは「これしか朝鮮を救う道はない」といった「信念と、一種の義務感」（「夜の次の風の夜」、二四〇頁）を持ちつづけていた。しかし、そのような「信念」を疑うかのように、読書会のリーダーは、そこに集まった朝鮮人少年たちが読書会で批判する朝鮮の腐敗した政治や無能な官吏のあり方さえをも、好意的に解釈しようとする。重要なのは、その解釈の正しさ如何とは関係なく、そのような解釈が「交通」への回路を開くものになりうるということである。

このような小林の感受性を単に「贖罪意識を過度に刺激する」[7]ものとは言えないだろう。小林の朝鮮への拘泥を「過剰」「不自然」「異様」[8]とするような感覚は、「歴史の事実から目をそら」[9]した意図的な結果というよりは、むしろ植民地支配に対する内なる忘却願望を内包してきた戦後日本の歳月が培ったものと言うべきである。小林が目指したのは、決してよくある帝国主義的「革命幻想」[10]のようなものではなかった。

もっとも「気負いすぎ」[11]と受け取られるような重苦しさが小林の作品に存在するのは事実である。しかし、それは「自己の体験を固定化」[12]するような限界から来ているのではなく、他者の痛みや「恥」を人一倍敏感に受け止めるような感性ゆえのことと見なすべきなのである。

2 支配と恐怖――「交通」の隘路

くり返すが、小林が植民地の植民地たるところを描けたのは、まさにこのような感性に支えられてのものだった。

小林の作品の中でもっとも頻繁に言及される「蹄の割れたもの」(一九六九年、以下「蹄」)に登場する朝鮮人下女の存在は、ほかの作品でもたびたび触れられている。日本人の家なら「どこでも朝鮮人の女中」がいるが、それは「いくらでも安く雇うことが出来るからでもあるが、何よりも朝鮮人の女中を使う快感と近所への見栄」(「無名の旗手たち」、以下「無名」)のためであった。当然ながら女中を使っている日本人の父親たちは「この朝鮮では、どこに住んで、どんな職業についていても、なによりもまず日本人だし「旦那さん」なのだ。実際、裁判所でも殖産銀行でも郡庁でも(中略)目ぼしいところすべてで父親たちは、朝鮮人を部下として店員として工員として作男として日雇人夫として使っている」(「目なし頭」)。

しかもその「旦那さん」たちは「鮮人相手に金貸しやって金をためたら、そのうち果樹園のおやじにおさま」る(「無名」)。「町へやって来た時は、ひどい貧乏をしていた」日本人が、高利貸しで「古い二階建ての家」には「朝鮮ダンス」や「机が天井まで積み重ねてあ」り、「真鍮の食器や便器がつみあげてあ」り、「朝鮮式の冠、槍、蒲団、さじ、着物」が積まれ、その部屋が「どんどん建て増され、奇妙な形の家になってい」き、朝鮮人たちが出入りしながら「頭をこすりつけたり、涙を流したり、わめいたり、嘆願したりする」ようになっていたのである(以上「犬」)。彼らは、「僅かな土地を持っている自作農に金を貸し、そして土地家屋を担保にさせて、返済できない時は、情無用で取りあげる、時には警察の手を借りてまで」。結果「かなり大きな家がほんの二、三部屋を除いて倉庫と化してい」くようなことがあったのである(「万歳」)。

しかも、「町の高地には日本人が住んでいたし、町の低地には大多数の朝鮮人の家屋があっ」て、洪水になると「流れてくるものは、みな朝鮮人の家財」で、「朝鮮人の家はかなりが流され」るが、外からの「見舞いの物資」は「殆ど被害をこうむらなかった高台の日本人たちの家庭へ送りこまれ」(「無名」)る。

「いまじゃ大変な地主さま」となっている植民者たちは、もとはといえば「着たきり雀で夜逃げして」(「無名」)きたような人々でもあった。いわば、植民者たちは、日本で食べるに困って流れてきた人々——国家による棄民たちでもあったのである。

しかし、支配者となった元棄民たちは、かつての立場は忘却し、朝鮮人たちには支配を超えて脅威的な存在にもなる。

たとえば万歳運動(三・一独立運動)があったとき、ひとりの日本人は次のように言って腹を立てている。「町を整備して、治安をよくしてやったのはどこの誰だい、え、誰がそれをやったと思ってるんだい、おれたちは学校を作ってやった、ちくしょう、親切に農業指導もやってやったぞ、公衆浴場まで作ってやった、病院も建設してやった、ちくしょうめが、恩忘れめが、町は併合当時の姿からすっかり変ったじゃないか、一体ぜんたい誰のお陰だと思っていやがるんだ、ちきしょうめ、ちきしょうめ、鮮人め、できそこないめ、豚め、泥棒野郎の嘘つき野郎め、今頃になって独立万歳とは何ちゅう言い草だい、何ちゅう恥知らずな忘恩だ、なんちゅう卑劣きわまる泥棒根性だ」(「万歳」)と。あるいは「甘い顔をしていればつけあがりやがって、自分で自分の国さえ満足に治められなかった劣等民族のくせしやがって、日本軍が血を流して守ってやらなけりゃ、今頃はどこの奴隷になっていたかわからんくせしやがって」「この町を大きくするために力を尽くしてきた」(同)と。

それは、すでに言われているように、「平凡な日本人が植民地においてどのように支配者の鋳型に押し込まれるかを、凝縮して表現[13]」している場面にほかならない。

しかし日本人たちが「恩恵」とみなす文明化とはほかならぬ〈資本主義化〉でもあった。たとえば少年が蜆をとっているところを見て「ここの子供たちは幸せ」との感想を述べる日本人大村に、少年はいまやそれが彼等の食卓に上るのではなく日本人を対象に売られるようになっていることを告げる。「町が大きくなって、いろんな品物が汽車で運ばれてくるようにな」り、「見れば欲しくな」り、「手に入れるには金がい」り、「何から何まで金、金、金」の状況となり、「以前はそう現金がなくても暮せたけど、今は何から何まで金がいる」というのである。そして、「百姓も、小作がふえた」（「万歳」）。

重要なのは、支配者たちが、自らの行為が、支配である限り〈悪〉であるほかないことを無意識ながら認識してもいたということである。たとえば、この小説と同じく農林学校の教師が主人公として登場する「無名の旗手たち」では、日本人教師は朝鮮人学生を愛し、教えることに自負を持ってもいるのだが、学生たちが独立運動にかかわっているかもしれないと聞いたとき「私はどの生徒も可愛かった。誰をも危険な目にあわせたくない」と考えながらも、結果として学生を告発してしまっている。そのようにさせたのは「いままで勉強のよく出来るいたずら者と思っていた何次孝の顔が、別人の、薄気味のわるいものに見えるようであった」（「無名」傍点は引用者）、「あいつら、だいたい何を腹の中で思っているかまるっきり見当もつかんですよ。気味が悪いくらいですよ」（「万歳」）というような感情であった。「かわいい学生」を突然「薄気味のわるい」ものに見せてしまったのは言うまでもなく、両者間に実のところ存在していた距離である。いわば、既知の「かわいい」存在を「薄気味のわるい」といった未知の存在と認識させるのは、抵抗や攻撃といった

〈裏切り〉への恐怖である。その恐怖の存在こそが、そこでおこなわれていたことがいかに「文明化」の「恩恵」の側面を持っていようとも実は「抵抗」を予想させるぐらいには〈悪〉であることを露わにするものなのである。そしてその恐怖は、究極的には人を殺しうる。

一九一九年の独立万歳運動を背景にしている「万歳・明治五十二年」では、特別悪いことをしているわけではなく、「たまたま」植民地へやってきた〈普通の〉日本人大村が朝鮮人の攻撃に対する「恐怖のあまり我を忘れて」、先に朝鮮人たちを殺してしまうことが描かれる。その大村が事件後中国料理店に入ってからの心理描写は、支配者の恐怖をより直截に示している。

中国人のおやじが黙りこくったまま八宝菜の皿と肉饅頭の皿を運んできた。大村は箸をとったが、その手がどうしようもなく震えていることに、朝鮮人たちが気付かねばよいが、と思った。(中略)突然、皿にかがみこんでいる彼の背後で、二人の朝鮮人が喋り出した。その聞きなれない異国の言葉は彼の心を荒々しくかき乱した。すると、三人の学生が烈しい口調で何やら喋りだした。それもまた朝鮮語であり、彼は完全に朝鮮語の渦の中に置かれた。洛東江の流れに身をまかせて下っていた時の金容泰の舌たらずの日本語はどこにもなく、あの日の金容泰の姿は消え失せ、朝鮮語を喋る朝鮮人がそこに居た。それは金容泰をはじめ、郷里にいた頃にくらべたならば多少は具体的現実的に理解することが出来るようになっていると大村が考えていた、その朝鮮人学生たちではなかった。一切の理解を拒絶した、正体不明の、薄気味悪い外国人がそこにおり、そして彼をとりまいて、理解出来ない言葉で喋っていた。恐怖が大村の全身を襲った。あまかったな、と大村は体の中で叫んだ、おれはあまかった、おれは猟銃を持っているというだけで、安心して奴等をみくびりすぎていた、そして、ついうかうかとこんなところへはいりこんでしまった、この中国人街の外はぐるりと朝鮮人部落だ、おれは二重に得体の知れない外国人たちにとりかこまれ、おしつつまれてしまっているんだ、ああ、おれはあまかった。（傍点小林）

「理解できない言葉」は「恐怖」を呼び起こす。その恐怖がひきおこす暴力は、特別な憎悪などは必要としない。

おれは奴等が憎かったわけじゃない、おれは奴等に対しては別になんにも考えてはいなかったんだ、ただ、奴等が斧や鎌をふりあげ、おれがこれまで見たこともなかった太極旗をふりながら万歳、万歳、とおし寄せてきた時に、眼のくらむほどおれはおそろしくなったんだ、自分が何をしているか全然わからなくなって、濃い霧がおれをおしつつんだような具合になってしまったのだ。あの恐怖はおれの体の芯にこびりついて、これからずっと消えないに違いない。そしておれは多分一生、この猟銃を体のそばから離せないにちがいない……。（傍点引用者）

おそらく、「戦後」になってもなお小林の主人公たちを「気負いすぎ」にまで追い込んだ感情はこのような恐怖の感情と無関係ではないはずだ。いわば、普段の親密な交流を一瞬にして断ちきってしまう恐怖とその根本にある罪の意識こそが、もはやそのような恐怖とは無縁になったはずの

「戦後」の空気を「不快にゆれる」ものと感じさせ、「一個の小さな鉱石のように異質な自分を感じ」(「蹄」)させたものである。「過去をひきずっている一個の石」は、「しかもその過去はまだ決して過去として葬られてはいない」ことを日々感じているだけに、たとえば在日朝鮮人たちを「さげすみのみなぎった口調であいつらと言」う日本社会を「異質の場処」(「蹄」)と感じずにはいられないのである。そのような小林の主人公たちの感性が「一億総懺悔とは縁がな[14]」く、「単なる贖罪ではない[15]」のは言うまでもない。

3　暴力と「交通」

恐怖は、他者を「得体のしれない」ものと感じる瞬間にやってくるものである。それは関係の断絶を意味し、交通への回路を断ち切る。いわば、支配・被支配の関係は、抵抗と恐怖の感情をその根底にはらんでしまうからこそ、交通の可能性を断ち切るほかない関係なのである。しかも、「支配」の記憶や自覚を持たない者が抵抗にあった時は、理不尽さも手伝ってさらに複雑な様相を見せる。

小林の小説には日本人をいじめる朝鮮人少年がたびたび登場する。「夜」の少年もまた、特別な文脈もなく「崔さん」の弟「トショク」のことに言及し、「ものすごく意地悪な奴」とする。文脈もなく少年が言及するのは、この少年においての「被害」の記憶がそれだけ強いということであろう。そのように、加害の記憶を持たないにもかかわらず加害者とされて受けた被害に、小林の主人公たちは拘泥しているのである。

「目なし頭」の沢木は少年の時、親しくしていた李景仁を、母がくれた鶏卵を持ってたずねる。しかし、李は、ちょうど日本人によって拷問された後でもあって、その好意を拒否する。


「李さん」と沢木はその顔から眼をそらして、言った。彼の小さな胸に半年の間くすぶりつづけていた疑問を解くのはこの機会しかないと彼は思う。「あのね、警察へつれていかれた時ね、ひどいことされた？　血を吐いた？」

その男は返事をしない。黙って彼の顔を見ている。その男の眼の中へ、彼の小さな体がふらふらと吸いこまれていくような気分になる。男は眼をそらした。

「そんなこと、かんけいないよ」とその男は、ゆっくりと、つき放すように言う。その口調は、これまで一度も、彼が李景仁から聞いたことのない冷酷なものだ。それは、大人の世界で大人同士の間でしか使われないものだということが彼にはっきりとわかって、彼はひどく傷つけられ、胸が熱くなる。（中略）

「もうおれは」とその男は低いしゃがれた声で言って、歯をむきだしてにやっとする。「奥さんからだって、貰いたくないよ。持ってかえれよ」

「いやだよ」

「持ってかえれ」

「母さん、心配してるんだよ」

するとその男は白い眼をむき出して、彼をにらみ、冷たい笑いを浮かべた。

「お前らが、何をいうか」

この時、沢木の小さな胸に、不意に憎悪が湧きあがった。李トショクが、そしてこの男が、耐えきれないくらい憎い。彼が、子供の彼が、何をしたか。彼はトショクに何もしない。が、トショクは彼から菓子をうばい、鉛筆をうばい、シャツを破り、地べたへつき倒した。彼は李景仁と仲好く魚釣りをし、きのこをとりに行き、市場で朝鮮餅をこっそりたべ、同じ秘密をわかちあった。ところがこの男は、母がわざわざ持たして寄こした、心からの親切の卵を、鼻先で嗤ってつき返す。彼にはわけがわからない。彼や母が悪いことを二人に対してこれっぽちでもしたのなら、我慢もする。彼は体をふるわせる。

「持ってかえらない」と彼はぶるぶる震える声で言う。

「持ってかえらないいか。それならこうしてやる」

その男は棒切れのように醜悪な手をのばし、新聞紙をひろげ、卵を大陸の八月の太陽にさらす。それは確実に腐るだろう。彼は母のふっくらした顔にその男が汚物をなすりつけたように感ずる。彼は息がつまる。彼はふくれあがっていく。そして何かが爆発しそうになる。ついに彼は胸の中で言葉をはきちらす。父母から、朝鮮人にむかって決して言ってはならぬと教えられたタブーを破る。胸の中で彼は思い切り叫ぶ、朝鮮人！　鮮人！　くそったれ！　肺病やみ！　共産主義！　独立運動！　それの裏切り者！　恩知らず！　死んでしまえ、鮮人！（中略）

彼は身をひるがえして走り出す。彼は生れてはじめて、子供では決して理解の出来ない、なに

か得体の知れない恐ろしいものにぶつかったのを感ずる。それが彼を狂気のように走らせる。彼は走る。（傍点引用者）

沢木がぶつかった「得体の知れない恐ろしいもの」とは、人間に対する不信の感情にほかならない。好意が拒否されて傷つく少年のこころが感じとった「大人の世界」とは、いわば民族アイデンティティで区切られた集団が押し付ける世界のことであろう。このような「こだわり」については、小林の小説が「かたくなに閉ざされている朝鮮人の心の中に入り込もうとし[16]」ながら、相手がふたを閉ざすので「結果として貝のように心のふたを閉ざしていたのは小林勝自身」と説明されている。また「朝鮮人の否定的側面」を描くのは「歪めた側の日本人総体の貌をもあぶりだ」すものでありながら、その朝鮮観は「厳格性」と「閉塞性」に取り囲まれた「植民地体験で限定された朝鮮人観[17]」だったともされる。しかし、小林における「交通」の可能性は、まさにこのようなこだわりの中にひそんでいた。

李景仁は、その死の前に、子供の沢木の心の卵をうち砕いたのだ。人間について子供が抱いていた信頼と憧憬、それは李景仁が沢木の心の中につくり出した素朴で美しい人間信頼の卵だった。それを微塵に砕いて、子供の沢木にとって大人一般は決して存在しないこと、日本人の子供である彼には、日本人の大人があり、朝鮮人の大人があるのだということ、たとえどんなに親切で、優しくて、それは何時でも、何時までもそういうものであるように見えるとしても、決して心を許してはならないこと、何時どんな場合に、その優しい大人が突然朝鮮人になるかわかったものではないこと、という子供にとっては余りにも強烈で残酷な考えをはっきりつきつけたのが李景仁だったのだ。こうした考えは、子供の彼に一つ一つ論理的に明らかにされたのでは無論ない。しかし、その総和としての恐ろしいなにかが、沢木の心にあの時以来どっしりと住みこんだのだった。（傍点は小林）

少年は自己を日本人以前の「少年」と認識し、「大人一般」としての、かつてのやさしい存在を期待している。しかし、その人から拒否されたことは少年をして他者に「決してこころを許してはならない」存在とするであろう。いわば少年は理不尽に感じられる暴力を前に人間に対する不信を学んだのである。このような少年の感じ方を、李に加えられた暴力が日本人以前の「警察」によって行われたものであり、あるいは「日本人の大人」によるものであって、「日本人」一般のものではないとする甘い理解、と批判するのは簡単である。しかしここで問われているのは、少年が「少年」として「大人」によって傷つけられたということであり、その傷を癒すべき主体は誰か、という問いである。換言すれば、加害者の中の被害は誰が責任を取るのかという問題なのである。

同様のことは、たとえば「蹄の割れたもの」に書かれる植民地女性による性的いたずらの場面についても考えられるべきであろう。

「蹄の割れたもの」に登場する「エイコ」──朝鮮人女性は、主人公の少年の家に雇われていて、ある日、犬のペチカを網にいれて振り回すといった形で虐待し、少年はそれを目撃することになる。

エイコの真赤な顔がいまにも破れるのではないかとぼくは思った、エイコの眉がつりあがり、眼がいっそうつりあがり、激しい息づかいが空気を裂き、エイコの八重歯がむき出された。こわい、とぼくは思った。エイコの顔はこわい。ぶん、ぶん、とペチカが宙をとんだ。さっ、逃げるか、とエイコが切れ切れに言った、さっ、逃げるか、さっ、死んでしまえ、さっ、死ね、さっ、死んで、しまえ！　くるくる、くるくる、とエイコがまわり、エイコの真赤な顔がまわり、ぶん、ぶん、と黒いペチカが宙をとんだ。さっ、死ね、さっ、死ね、さっ！

エイコの体がようやくとまり、少し宙を飛んでペチカの体が地面へ投げ出された。

ぼくは身動きもできずに、エイコという名前のほかにもう何もないのだというこの女の顔をじっと見ていた。そしてぼくの視野のはしに、動かない黒いものがあった。

死んでしまった、とぼくはふるえる声で言った。お前は悪いやつだ、エイコ、ほんとにお前は悪いやつだ……。（中略）お前は残虐だ、朝鮮人はどいつもこいつも残虐だ……そして依然として声はまったく出ず、エイコが近付くにつれていっそう震えが大きくなった。

少年が目撃したのは暴力の現場にほかならない。それを目にして少年が口にする「禁忌」の言葉は、目の前の暴力に対抗すべき精一杯の武器と言えるだろう。いわば、少年は圧倒的な暴力を前に傷ついた自分の心を守るべく、「言葉」の武器を「はきちらす」のである。少年の前にあるのは「なにか得体の知れないい恐ろしいもの」を呼び起こす。理不尽な暴力といってもいいだろう。理不尽な暴力を前に、少年が見ないでも済んだはずのそれを見せつけた相手を憎んだとして不思議はない。その体験は世の中や人間に対する絶対的信頼を損なわせるだろう。そういう意味では少年がされたことは単なる、象徴的「性的去勢」[18]にとどまるものではない。

「目なし頭」では「近所じゅうの憎まれっ子」と言われている在日朝鮮人の子供が作った落とし穴を主人公が「悪質なもの」と考え、子供の親に抗議にでかける。この場面はそのようなこだわりをより直接に示している。

> 沢木はこと朝鮮に関すると、今でも、胸の中に重い負債がまといついており、正論であると思うことまで、自由に口から出てこないような気分になるのだ。荷次孝と荷住男の行為だって、普段ならば沢木はくやしいがしかたがないと考え、荷次孝がなぜ日本に住まなくてはならなくなったのか、その歴史的原因を考えた挙句、黙ってやりすごしてしまったに違いない、しかし沢木は普段の——三年前の沢木ではなかった。彼は腹を立てており、明らかにすべきことは断じて明らかにすべきだ、という気持になっており、朝鮮人であるからといって、悪質ないたずらをやって許されるということはない、もう遠慮はしないというざらざらした心になっていたのだった。
>
> (「目なし頭」傍点引用者)

小林の小説における「朝鮮」は、故郷として心惹かれる対象でありながら、「加害者」への憎悪を浴びせられたことで傷つけられた場所でもある。支配者としての認識を「持たねばならない」場所でもあったのである。「蹄」の医師が、自分を訪ねてきた、「民族偏見と差別」に関心があるという大学生の言葉を聴いて「彼等二人の口から出て来る言葉は明快そのもので、この松林の上にひろがる秋の空、秋の光のように、透明で、からっとしており、翳がなかった。それは何と僕と違っていたことだろう。」「堀青年が偏見と差別、と明快に言い切った時、その言葉の意味するものは、彼と僕とでは、まったく異質のようにぼくは感ずるのだ。」「あなたがたは、朝鮮人の前で、大学生堀個人でもなく、大学生加藤菊子でもなく、堀あるいは加藤によって代表される日本人という自分の存在を実感したことがありますか？　朝鮮人にとっての日本人とは、一六世紀末豊臣秀吉による文禄慶長の役以来の、征韓論以来の、（中略）これと関係のない別の日本人というのは一つの抽象であって、つまり、あなたが何時どんなところで、どんな朝鮮人とむかいあおうとも、あなたは、あなたによって代表される「日本人」という存在以外のなにものでもないのだというふうに自分を実感したことがありますか？」と心の中で叫ぶのはそのような複雑な「朝鮮」の存在を語るものにほかならない。

小林の逝去に際して「「連帯を叫びながら、真の連帯の内容をきわめる努力のなかった退廃に対して」相手方の変容だけが連帯の証しであった不遜な私の朝鮮が、うたがいもなく「小林勝」をいためつけた(19)」とした金時鐘の発言は、そのような小林のこだわりに応答した唯一のものと言えるだろう。

もっとも、小林自身は、このような疑問と感情を「論理」で乗り越えようとし、長い間朝鮮および朝鮮人にかかわることを避けてきた態度をやめて朝鮮に向き合いなおした。小林の作品群は主にその結果物である。そして、小林は戦争の記憶はあっても植民地の記憶は忘却されつつあった日本社会の中で「「外地引揚派」の中からして完全無欠に黙殺され[20]」ながらも、そのような社会に異議を唱えるように、書き続けた。それは、あたかも「夜」の中で大人たちに無視されながらせいいっぱい自らが見たものを話そうとした少年の「声」のようでもある。それは、まさしく戦後日本の「状況」への「介入」だった。そしてそのような声が聞き入れられることがなかったことにこそ、「戦後」の限界があったのかもしれない。

小林は、「私にとって朝鮮とは何か、ということは現実問題としてはまさにその未来にかかわること」でそれを書かせるのは「総体における「過去」のそもそもの出発点」「「過去」をふりかえるのではなく、その原点に立って、そこから未来を見透かしていこうと考えているのです」と語っていた（『チョッパリ』あとがき）。小林の夢想した「未来」への模索をどのように引き継ぐか。そこに今日における新たな「交通」の可能性が見えてくるはずである。

注

（1）高澤秀次「小林勝論——植民地朝鮮の日本人」（『言語文化』一七号、二〇〇〇年三月）。
（2）朴元俊「小林氏の急逝を悼む」（『朝鮮研究』一〇四号、一九七一年四月）。
（3）丁尚星、愛沢革の聞き書き「小林勝・徐兄弟・金芝河——丁尚星〈運動〉を語る」（『新日本文学』一九七五年九月）。
（4）『小林勝作品集　第五巻』収録の「年譜」参照。

(5) 仲村豊「受け継がれるべき歴史への視座——小林勝「万歳・明治五十二年」」(『社会評論』一九九七年八月)。
(6) 朴裕河『ナショナル・アイデンティティとジェンダー——漱石・文学・近代』(クレイン、二〇〇七)の第四章を参照されたい。
(7) 川村湊「小林勝外伝」(『文学界』一九九六年五月)。
(8) 同前。川村はここで、小林にとって「朝鮮」が「自分の内部にある「贖罪」の対象」に過ぎず、「現実の朝鮮」を見ていない「観念的で抽象的なものでしかなかった」とする。しかし、たとえ「現実」の朝鮮人が日本人に対して憎しみを持っていないと感じたとしても、それは(日本人の)「良心的な心の痛みなどどうでもよい」からではなく、むしろそのような心の存在を前提にしているからこそそのことであると理解されるべきであろう。
(9) 仲村豊「時評　歴史の事実から目をそらす評論」(『社会評論』一九九六年一一月)。
(10) 川村、前掲論文。
(11) 田所泉「息の続く限り——小林勝の文学」(『新日本文学』一九七一年七月)。
(12) 同前。しかし、田所はそのようなことを限界としながらも小林の試みを「おのれの肉体と気力の弱りさえも批判の武器として、掘り下げつき出してきだした植民地の問題」を「端緒」や「糸口だけつけて残していった課題」としている。
(13) 仲村、前掲注5論文。
(14) 朴元俊、前掲論文。
(15) 高澤、前掲論文。
(16) 関根弘「小林勝と斉藤竜鳳」(『月刊社会党』一七三号、一九七一年七月)。
(17) 磯貝治良「朝鮮体験の光と影——小林勝の文学をめぐって」(『新日本文学』一九八一年一〇月)。
(18) 高澤、前掲論文。
(19) 金時鐘、引用は愛沢革「想像力の基点としての〈朝鮮〉——小林勝論・序説」(『新日本文学』一九七三年一一月)。

(20) 呉林俊「亀裂の塔から降りるもの——小林勝の接点と持続について」(『新日本文学』一九七一年七月)。

内破する植民地主義
——後藤明生『夢かたり』論1

後藤明生（一九三二—一九九九）は、一九七〇年代にいわゆる「内向の世代」のひとりとして注目され、その後いくつかの文学賞を受賞しながらも（平林たい子文学賞、谷崎潤一郎賞、芸術選奨文部大臣賞）、今ではあまり読まれなくなった作家である。もっとも文学論の類いはまだ流通しているが、小説で流通しているのは『挾み撃ち』（河出書房新社、一九七三）程度といっても過言ではない。しかし、後藤は本稿で述べるように、植民地体験を書いている作家のなかでも注目すべき内容と形式の小説を多く書いていて、忘れられていい作家ではない。このような忘却には以前指摘した[1]ように戦後日本が「植民地」についての記憶を葬り去ろうとしたことによると考えられるが、後藤は、引揚げ作家の中でも、植民地の日常を繊細かつ生き生きと描いている点ではほかの追随を許さない。しかも、後藤の作品は、植民地主義の本質を考える上でも大きな示唆をあたえてくれるのである。

後藤は一九六二年にデビューして以降、植民地体験を素材とした多くの作品を書いたが、本稿では後藤がおそらくはじめて自己の体験を書く〈方法〉を獲得したものと思われる『夢かたり』(中央公論新社、一九七六)[2]をとりあげて論ずることにする。この作品は一二の短編連作として連載され(『海』一九七五年一月～一二月)、一九七七年に平林たい子文学賞を受賞した。

1 「夢」としての植民地

後藤は、朝鮮の植民地時代に咸鏡南道の小さな町永興で生まれ、一九四五年の日本の敗戦を当地で迎えて引揚げていった。『夢かたり』は、少年時代の思い出を、四十三歳の現在と交錯させながら書く方法で書かれている。「夢」を「かたる」かのようなタイトルになっているが、作家は作品の冒頭に「夢かたりといっても夢を書こうというのではない」と明言する。続いて漱石の「夢十夜」について述べながら「それは確かに一夜の夢であると同時に、世界そのもの」「そもそもは個人の体験から出て来て、個人の体験を超えている。だからリアルだ」「その一つの夢が、まさにわれわれがこの世界に生きている、その生きる形そのもの」と述べる。[3]後藤は、少年時代の思い出が、「個人」の体験でありながらその象徴性において「世界そのもの」であり、「夢」を人間の「生きる形そのもの」とみなす認識のもとに、あえて過去の話を「夢」としているのである。それは、後藤の「個人的な体験」としての過去の体験が、その時空間の領域をひろげて「国家」や「世界」の体験となり、結果として国家や世界の物語、つまり「歴史」となることを目指しているのだといえるだろう。朝鮮人とか日本人が入り交じって住んでいた「永興」という小さな町の日常と破局・転換を、後藤は「世界そのもの」として描こうとしているのである。
後藤が自己の体験をあえて「夢」として提示している意図は、別の箇所でも読みとることができる。無線通信学校を卒業して元山の電信局に勤めていたとき敗戦を迎え、元山の収容所（遊郭跡）に入れられた体験をもつ知人を訪ねて敗戦前後の話を聞く場面においてだ。自分より三つ年上の通信士から、「元山埠頭」で「土方」をやったことや「海軍倉庫」から「砂糖と大豆を盗」んだこと、そして「朝鮮人と、うまく通じている奴」など「いろんな奴と知り合いになった」との話を聞き、今では中年となった話者は考える。

わたしは自分がそういう話に憧れていたような気がした。（中略）戦争に敗けたあとの大人の世界を体験することの出来た人間を、羨ましく思った。いかにも絵に描いたような敗戦後の場面をわたしは知らないのである。わたしは決してその場面の遠くにいたわけではなかった。むしろその真只中にいたはずだった。しかし、一歩か二歩のずれがあった。絵に描いたような混乱や醜悪の場面から、一歩か二歩はずれていた。何とももどかしい一歩か二歩のずれである。夢のようなもどかしさだった。そしてそのもどかしさは三十年間ずっと続いていたのである。（「高崎行」）

話者は、十三歳で迎えた自分の体験が、「少年」であるゆえの限定的な体験であることに自覚的である。自分が敗戦後の「混乱や醜悪の場面から、一歩か二歩はずれていた」との認識は、体験の狭さと不確かさは、体験を全望できないことから来る「もどかしさ」を感じさせる。限られた体験をめぐる記憶の不確かさを認め、それが「現実」であることを否定し続けるだろう。それでもなお、その体験は今では日本に身をおくゆえの空間の隔たりと「三十年」という時間の隔たりを越えて昨夜見た「夢」のように生々しく、「リアル」である。その「リアル」さは、小学校時代の友人たちと「崖」に登ったほんとうの「夢」の中で、「崖の頂上がぐらぐら揺れはじめ」たとき、「手摺りにしがみつくことが、手摺りを揺さぶってい」たのだと気づくような恐怖と不安を伴うものでもある。

そのような「夢」として描かれた『夢かたり』には、一見のどかな風景が多い。しかしその背後には、人種化された朝鮮人の視線に照り返される不安と、支配者でありながら植民地の言葉、被支配者の身体性を身につけさせられた侵犯（審判）への恐怖が息づいている。それらの感情は、現在の日常とも無関係ではなく、自分の意志の有無にかかわらず呼び覚まされる記憶もまた、自分で制御できないという点で「夢」と構造的に似ている。〈植民地〉は、なお「今・ここ」の世界なのだ。そうした意味では、『夢かたり』は決して単なるのどかな夢、帝国意識に無自覚な憧憬の物語ではない。

2 人種化の空間

『夢かたり』の話者である少年の眼に写った朝鮮は、「長煙管」をくわえ「白っぽい朝鮮服」と「朝鮮コムシン」「黒い朝鮮帽子」（「鼻」）のいでたちの人々の風景である。朝鮮人の商店は、字もはっきり読めないような「剝げかけた看板」のお店で、「朝鮮人」にかかわるものはその多くが

〈前近代〉的なものとして登場している。とはいえ、「誰も買いに来ない（朝鮮）帽子」を売るような凋落してゆくお店を見る視線が、〈支配〉を支えるイデオロギー的視線になっているわけではなく、そのような朝鮮人の姿を描くことによってそこが人種化されうる場所であることを『夢かたり』は語っているのである。子供たちが面白がって追いかける、町を徘徊する中年男「天狗鼻のアボジ」の「天然痘」もまた、〈文明化〉に乗り遅れた人々を表象するものにほかならず、子供たちが注目するのは「天狗」のような鼻だけでなく、鼻にある「無数の穴ぼこ」（「鼻」）である。「実さい、わたしが住んでいた当時の北朝鮮の町では、穴ぼこだらけの顔は幾らでも見られた」（同）のだが、それは「松の木の丸太を頭に載せて売りに来るオモニたち」や「大根や白菜をかついで売りに来る支那人の百姓」（同）に限られたものだった。朝鮮人や中国人と、日本人を差異化するひとつのスティグマとして、「天然痘」は機能する。

さらに、小学校の校医が「男の子はチンチンで身分が分かるようですな」（「ナオナラ」）と語る場面も、身体に残された特徴が人種化の手段になり得たことを示している。ここで校医が目にとめたのが具体的に何なのかは定かではないが、あるいは包茎のことかもしれない[4]。

そのような視線にさらされている朝鮮人が、「わたしの家で働いている店員の張と李」（「鼻」）のようになって多くの日本人家庭に雇用人として雇われていたのは、民族がそのまま階級を形成していた人種化の現場にほかならない。「羽織、袴、白足袋に草履のいでたち」で「夏はカンカン帽子をかぶって」劇場へでかける曽祖父のうしろを、少年の家の「店員の朝鮮人」は、「座ぶとんと水筒を持って従って行った」。小さな失敗を許さずに店員を容赦なくステッキで殴る曽祖父の姿もまた、まぎれもない人種化の現場である。
　そのような〈人種化〉の様子を『夢かたり』は空間についての記述を通して的確に表している。町のなかには、朝鮮人が運営する「そば屋」「帽子屋」「玩具屋」「時計屋」などが、日本人の経営する商店と並んでいたが、住まいは明確に区別されていた。朝鮮人の経営する玩具屋について語ったあと、少年は次のように述懐する。

　玩具店は本田の家と狭いどぶ川を挟んで隣り合っていた。本田文房具店の先がどぶ川であり、そこにかけられた小さな土橋を渡ると朝鮮人のお婆さんのいる玩具店だったが、どぶ川を越すと急にあたりの空気が変るようだった。僅か幅二メートル程の土橋であったにもかかわらず、それを渡ると、急に道が狭くなった。道いっぱいに牛車の轍がのめり込み、それはどこか遠い見知らぬ場所へ向う鉄道のように見えた。そこを三里ばかり行ったところに、大きな滝があるのだという。実さい、どぶ川の向うはもう永興の町の西はずれだった。そこから先には、日本人の家はなかった。滝の近くに駐在所があって、日本人の巡査が二人いるという話だった。どぶ川にかかった土橋は僅か幅二メートル程のものであったが、その向う側は、わたしには知ることの出来ない謎のような朝鮮人たちの土地だったのである。(「夢かたり」)

「僅か幅二メートル程の土橋」が、永興における朝鮮人と日本人の間の境界として置かれている。「道が急に狭く」なるのは、言うまでもなく新たに移住してきた日本人たちが学校や銀行、病院や駅といった〈近代〉設備を新たに作り、そこが新市街地となったからである。新しい〈中心〉は、〈周辺〉化されたかつての中心を示すものでもある。車や自転車のあとではない「牛車の轍」はそのことを語るもので、そこが「どこか遠い見知らぬ場所へ向う」ように見えたのは、その異質な空間性が、そのまま異質な時間性と階級を表すものとなっているからだ。「急にあたりの空気が変」わるように感じられたのはそのようなことにほかならない。

「ナオナラ」に出てくる、女狂人が町なかをさまよう風景もまた、狂人が国家によって隔離される前の〈前近代〉的風景にほかならず、「どぶ川の中へ手鼻をかむ」ような「お婆さん」の存在もまた、〈衛生〉を身につけた〈文明人〉によって人種化されるほかない風景である。

ところが、そのような人種化の空間で「日本人」たちが、自己を日本人として自覚しうる根拠はきわめて希薄なものだ。植民地において「本籍地」が重要な意味を持ったのはそのことを語る。

しかし今日わたしが夢で出会った本田の消息はわからない。生死も不明である。だからわたしの方で勝手に思い出す他はないが、本田の本籍地は島根県だった。それははっきりおぼえている。植民地で暮すものには、本籍地というのがまた別の意味を持っていたらしい。それぞれの地方のお国ぶりというよりは、それはまず、日本人であることの証しだった。その意味では平等なもので、お国自慢や出身地の比較優劣は左程意味を持つものとはならなかった。それは一つの美徳ともいえそうである。同時に何物かを失った生活であったともいえるのかもわからないが、とにかくわたしにとっては自分の本籍地である福岡県も、本田の島根県も、日本なのだということだった。なにしろわたしは筑前言葉を知らなかったし、本田も出雲の言葉は知らなかったと思う。そしてわたしたちは、互いに共通の日本語で話していた。例えば、「知らなかった」を「知らんかった」という。そういう植民地標準語である。(「夢かたり」)

植民者にとって、「朝鮮人」と違う「日本人」であることを証明するものは「本籍地」と、標準化された「日本語」である。もはやそこではそれぞれの地方色は意味をなさず、そこでの「植民地標準語」を使う二世たちは、地方色を失って、均一な「日本」「国民」となっていた。植民者にとって「本籍地」が重要だったのは、日本への帰属意識のみならず、「朝鮮」という「本籍地」を持つ者たちと自己を区別する根拠となりうるためだろう。

そこで、「中学入試の口頭試問では必ず本籍地をたずねられる」ことになる。「フクオカケンアサクラグンアサクラムラオオアザヤマダヒャクヨンジュウロクバンチ。わたしたちは早口言葉競争のように丸暗記した自分の本籍地を唱えながら、暗くなった昇降口へ向った」(「高崎行」)。子供たちから見えてくるのは、植民地との「混交」を恐れる感性である。「親戚などもちろん永興にはなく、少年の「家にも遊びに来なかった。食事にも、宴会にも」(「高崎行」)と書かれる若い男性教師のように、出身地・所属が不分明な人が多い中で、彼らに自己証明ができるのは「本籍地」しかないのである。

植民地における人種化の結果として、日本人と朝鮮人の交わりは、一般には冷たく、皮相的である。

出会うと父は、軽く会釈し「コンニチハ」と形ばかりの挨拶をしていた。金さんの方も会釈をして、ちらりと一本金歯を見せて笑顔を作った。金歯は左上の一本だったと思う。それは礼儀正しく、冷たい印象を与えた。（略）わたしは帽子屋の金さんとは毎日顔を合わせていた。なにしろ道を挾んで向い合わせだった。しかしわたしは顔を合わせても挨拶しなかった。思えばこれは不思議なことだ。他の朝鮮人に対してはどうだったろうか。（「鼻」）

そのような空間だからこそ、「黒の詰襟の制服に、サーベルをさげ、顎紐をかけて」「小銃を手にしていた」日本人「警官」たちによって「手錠をかけられた坊主頭の男たち」が「一本のロープで数珠つなぎにつながれていた」（「鼻」）風景が日常の風景となりうる。[5]

そのような〈人種化〉の結果としての敵意を、『夢かたり』は次のように語っている。

不思議といえば、ある日のこと、とつぜんわたしは何ものかにうしろから頭を殴られたのだった。理科の時間ではなかったかと思う。わたしたちは校庭に出て、桜の幹から肥後守で脂を取っていた。（略）しかしわたしは誰かに殴られたのではなかったらしい。わたしの頭を打ったのはサイダーの空壜だった。しかしどこから飛んで来たのだろう。みんな市民運動場の方を見ていた。わたしは確かに市民運動場に背中を向けて脂を取っていたからだった。わたしは頭の瘤を押さえて立ちあがった。狼谷先生はサイダーの空壜を手にして、首をひねっていた。空壜は市民運動場から、幅五メートル程の川をとび越えて降って来たのだろうか。

「マル仁のヨボだろ」

と誰かがいった。しかし市民運動場は、がらんとしていた。それともサイダーの空壜は天から真直ぐわたしの脳天へ落ちて来たのだろうか。瘤に手を当てて空を見ると、両翼を水平にひろげた鳶が高いところで、ゆっくりりと輪を描いていた。(「夢かたり」)

見えない「敵意」。突然飛んできたサイダー壜は、日本の少年たちにそれを感じさせるだろう。日本人少年たちが見えない敵意の主体を「マル仁のヨボ」とみなすのは、彼らが人種化された植民地の現実を認識していることを示す。植民者と被植民者が軒を並べて商売をするような空間でありながらも、そこがまぎれもない、〈人種化〉を避けられない「植民地」であることを、少年たちでさえ認識していたのである。

3　境界を越えるもの

とはいえ、『夢かたり』の少年はそのような人種化の〈境界〉を、常に越えようとする。また、『夢かたり』が帝国意識に無自覚な回顧小説を越えられたのは、まさにその時点においてである。植民地の「朝鮮人」の世界は、子供たちには禁忌の世界だった。禁忌の対象は、朝鮮の飴や真桑の中身を食べることなど、食べ物や食べ方など多岐にわたるが、少年は常にそれを「こっそり買ってみた」り、真桑の中身を食べるのにとどまらず朝鮮人の食べ方までまねる。大人たちに嫌悪されていた「犬の肉の煮える匂い」も、少年には「思わず口の中に生唾が出てくるような匂い」(「夢かたり」)である。向かい側の商店でありながら挨拶をすることはなかった「帽子屋の金さん」について少年は次のように語る。

しかしわたしは帽子屋の金さんに決して無関心ではなかった。毎朝わたしが学校へ出かけるとき、彼は決まって飼犬と一緒に店の前に立っていた。両手を腰のうしろにまわし、頭は東の方に向けてどこか遠いところを見ていた。飼犬は黒白斑の西洋犬だった。何かとの混血かもわからないが、ただの朝鮮犬ではなかった。西洋犬も尻尾をぴんと西に向けて、主人と同じ方向を見ていた。(「鼻」)

このような描写は、少年の視線が朝鮮人を差別の対象というよりは未知の対象、動物を従えたひとりの「人間」として捉えていたゆえに可能だったといえるだろう。

龍興江に氷がはりつめると、永興橋の下を牛車が列をなして渡って行た。牛車には温突(オンドル)用の平たい大石が満載されていた。牛車は龍興江の川幅一ぱいに列を作って、氷の上を渡って行った。そのまわりに、ゲンゴローのように子供たちの漕ぐピングが群がり、走りまわった。しかし父は、ピングを嫌っていた。

「あんな朝鮮人みたいな真似はいかん」

そういって父は、あぐらをかき、やや前こごみの姿勢でピングを漕ぐ手真似をした。

「どうもあの恰好は、朝鮮人くさくていかん」

また、こうもいった。

「あれは、イザリだ」

朝鮮人くさいもくさくないも、ピングは朝鮮人の遊びだった。また、わたしには朝鮮人くさい、という意味がわからなかった。しかし何となくピングは止めてしまった。イザリの方に引っかかったのかも知れない。永興のイザリは朝鮮人の乞食だった。(「煙」)


大人たちが朝鮮人の遊びを禁止するのは言葉とおり「朝鮮人くさ」く見えることを恐れてのことである。しかし、少年は「朝鮮人くさい」の「意味がわからな」い。つまり、〈朝鮮人のように見える〉ことが差別の対象となることでもあることを理解していないのである。それはまずは子供であるゆえのことでもあろうが、少年がまだ差別意識に汚染されていないことを示すものであり、境界を越えることを恐れなかったのは子供の感性ゆえのことと言っていい。

敗戦直後に、留置場にいる朝鮮人たちのお弁当をつくりつづけた友人の母に、朝鮮人たちが「われわれはあなたが毎日運んで来れた弁当を食べて日本帝国主義と戦い抜いた」と言い、日本人の「うちを守」ると言い出すようなことは、他にも〈境界〉を越えようとした植民者がいたことを語る。「他の日本人たちとは違う。あんたたちはずっと自分たちの味方やったんやから、収容所なんかに入る必要はない。この家でずっと暮してくれ」（「鼻」）との言葉もまた、植民地における境界人たちの存在を語るものである。

4　混交する植民地・混交する言葉

〈境界〉をあえて越えなくとも、『夢かたり』の舞台である元山から近い小さな田舎町「永興」はすでに〈混交〉の場となっている。町の中心をなす駅と警察署、郵便局、専売局、銀行、学校、病院、税務署といった、国家システムの根幹となるはずの場所のみならず、文房具屋、魚屋、薬屋、製剤所、しょうゆ屋、お米屋が並ぶ植民者の町の中に、『夢かたり』は帽子屋、玩具屋、時計屋、鉄砲打ち、蕎麦屋、道を徘徊するあばたの中年男性、後藤の家にいる店員などの朝鮮人を点在させている。日本人の登場人物に比べて数は少ないが、単なる風景として遠景化されているわけではない。日本人と朝鮮人たちが交じり合って暮らす風景がいきいきと描かれるのである。(6)

たとえば、道ばたでの犬の交尾を妨害するために水をかける朝鮮人たちに向けて、少年の祖母は「金さん、金さん！」と呼び掛け「お湯、お湯！　水はだめです、お湯！　朝鮮語で、トンムル！トンムル！」と叫ぶ。「朝鮮語」と日本語をまぜて、町の中の出来事をめぐって日本人と朝鮮人が協力しているのである。〈人種化〉された〈植民地の風景〉をつきやぶるかのような、混交の様子と言えるだろう。それは、「空間」を共有する者同士の連携とも言える。

そのような連携の空間を後藤は、子供同士の協力、雑貨商の息子と朝鮮人少年の交流としても描く。少年はある日、朝鮮人少年に油を売ることになる。

なにしろわたしが彼に石油を計って売るのははじめてのことだった。いつもは張か金か李から計ってもらっていたのである。だから彼は早く張に代ってもらいたいと思っていたのかも知れない。しかし彼は、一升壜の傍にしゃがみ込んで、わたしの代りに数えていた。チュウシヂ……チユウハヂ……チュウギュウ……ひしゃくに汲んだ石油をわたしが漏斗にあける進度に合わせて、ゆっくりゆっくり彼は声に出して数えていたのである。もちろん最後の、二十までだった。

「ニチ、ユウ!」

そこで彼はふうっと溜息をついた。わたしたちは一升壜を中に挟んで、顔を見合わせた。(中略)そしてほとんど一緒に、ふうっと溜息をついた。(「煙」)

このような場面は、彼らが子供で、植民地の構造をまだ内面化していないゆえにありえただろう。もっとも、朝鮮人少年の拙い日本語は日本人少年たちの笑いの対象にもなる。しかし後藤は、その朝鮮人少年が使っていたまずい「日本語」が実は朝鮮語だったことも並行して書いている。ある日豆蝋燭を買いにきた朝鮮人少年が「豆ローソク」っていうのを日本語でいえなくてさ。こう、手真似で」「チョコマンナ、ノーソク」(「煙」)と言ったとして日本人少年が笑う、別の場面においてである。そのときの「チョコマン」とは「小さい」という意味の朝鮮語だが、実は植民地の日本人たちはこの言葉を日本語として使っていた。まぎれもない言葉の混交の現場である。

川におぼれそうになったとき自分の命を救ってくれた人が「日の丸」のマークをつけた水着を着た朝鮮人少女だったことも（「二十万分の一」）また、人種化されゲットー化された植民地空間のわずかな混交の結果であろう。ここで重要なのは、自分の命を助けてくれたのが「日の丸」を胸につけさせられた朝鮮人だった――被害者が加害者を助けた――といったこと以上に、そのような「空間」、「頭の上も水」で「足の下も水」といった状態で「抱き上げ」られていた感触の記憶である。助けられた瞬間見えたものが「彼女の肩越しに」ある「真白い入道雲」だったとするのはそのことを示す。おそらく、そのような、混交する植民地の風景と感触こそが、『夢かたり』が書こうとしたものだった。ある朝鮮人の大人とのわずかな交流もそのひとつである。

ある日わたしは、彼がゴムホースで庭に水を撒いているところを、うしろに立って見物していた。彼のホースさばきはなかなか見事なものだった。彼はホースを上下左右に動かしたり、ホースの先を指で潰したりした。すると水は、二筋に割れたり、三筋に割れたり、平たく扇形になったりした。ゴムホースは彼の手首と指先によって自由自在に操られる、何かの生き物のように見えた。朴宗會はゴムホースを、奴隷のように意のままに操っていたのである。

「あのね、コドウくん」

彼はうしろに立っていたわたしに、そう話しかけた。そして前を向いたまま次のようにいったのである。

「お風呂が熱いときはね、キュウショウを押さえて入れば、熱くないよ」

朴宗會はゴムホースの先を上に向けた。うしろ向きになった彼の頭の真上に、大きな弓形の虹が見えた。(「虹」)

三十年後の少年がこのことを思い出すのはある日入った風呂のお湯が熱かった瞬間である。『夢かたり』は「現在」から「過去」を想起する方法において卓越している。さりげなく男性「大人」の知恵を「少年」に伝授している、「男同士」の会話というべきこの場面は、「被植民者」による境界を越えてのコミュニケーションにほかならない。ホースさばきに見とれる少年らしい羨望を介して植民者と被植民者間の交流が描かれるこの場面で、タイトルにもなっている「虹」とは、刹那的ではあっても、確かに存在したコミュニケーション、架け橋を象徴するものだ。

そこでは差別や笑いの対象となる〈正しくない〉発音はもはや問題とはならない。たとえ被植民者に与えられた権限が「奴隷のように意のままに」ホースを「操」ることぐらいしかなかったとしても、そこに植民地の階級化や人種化を越えての小さな空間と時間があったことは確かなのである。

このような、混交する植民地の風景は、いたずらな日本人子供たちに「朝鮮そば屋の女」が「こら、パガチ頭!」(「夢かたり」)という「罵声」をあびせる場面にも現れる。「パガチ」という朝鮮語と「頭」という日本語が合成されたこの言葉は、植民地の混交を示してあますところがない。それは、「時計屋の金さん」が「後藤君」を「コドウ君」「ゴト君」だけでなく時に「フドン・ミョンジョくん!」と朝鮮式読み方で呼ぶことと似ている。ここには、被植民者による、植民者による言葉の占有——いまだ描かれなかった、植民地の新たな風景があるのである。

5　植民者のトラウマ

植民地の混交は、被植民者のみならず植民者たちの言葉にも乱れをもたらす。一方で被植民者たちの日本語が正しくないと「わらって」いたが、実は日本人も「どうも日本語に自信がな」い状況がそこにはある。

「朝鮮で育った僕等は標準語に近い発音をしていたが、ドイツ牧師の『ミナサーン、のどがヘッタ時、水を飲むでしょー』の説教を聞いたり、朝鮮サラミの『話が見えないテス』等の中で育ったので、どうも日本語に自信がない。終戦迄、ニンニクの事をマヌリと思っていたし、『チョッコン』等は日本語だと思って日常会話に使っていた。戦後、ロシア民謡の『灯（ともしび）』のシビを聞くと悪い言葉だと思ってギョッとする」。（「君と僕」）

永興で過ごしたことのある老人からの手紙の文面として紹介されるこの証言も、「植民地の混交」を語るものにほかならない。彼らは確かにそれぞれの出身地を越えて「植民地標準語」を使っていたが、その「標準語」もまた、被植民者による侵犯を余儀なくされていた。そのようなアイロニーがここでは語られるのである。それは、植民主義が決して無傷でありえないことをも示す。

一般に、帝国主義は植民化された地域に支配国の痕跡を刻印する。それはいわゆる「帝国の残滓」と言われるものだが、そのような「残滓」の力学は実のところ逆の方向へも働く。「侵食」や「侵犯」は、双方向的でもあって、被害者の言葉（文化）が加害者の身体に染みつくこともあるのである。自らが教えた朝鮮人の、（間違った）日本語を知らないうちに身に刻まされることは、相手の血を見ることが、そのまま自分の手に血がつくことであることを認識することでもある。それは、覚えのないことでも「罪」として意識せねばならないような「不安」の感覚となるだろう。たとえば少年が何気なく入った「帽子屋」でうしろから「ヨボセヨ（もしもし）」と呼びかけられ、「金」の独白として想像する話は、先祖の罪に関するものである。

振り返ると、帽子屋の金さんがちらりと左上の金歯を見せた。わたしはその金歯から目を外して店の中を見まわした。

「ヨボセヨ」

と朝鮮語で呼びかけられる以上、わたしではあるまいと思ったのである。ヨボの金さんからわたしが「ヨボセヨ」と呼びかけられるはずはなかった。しかし、がらんとした帽子店の中には、帽子屋の金さんとわたし以外、誰の姿も見えなかった。（中略）それとも一つ買って行くか。あんたは金持ちの息子だからな。

そうだ、あんたの父親のことを話してやろうか。もちろんあんたが生れるずっと前の話だ。あんたが知らない父親の話だ。父親ばかりではないぞ。あんたの父親の父親も、母親も、よく知っておる。そのまた父親つまりあんたの曽祖父のこともよく知っておる。あんたの曽祖父、祖父、父親たちがどのくらい財産を作ったか。あんたは知らんだろうが、このわたしはよく知っておる。それをどうやってこしらえたかも、だ。（略）おおかたわしが、あんたに「ヨボセヨ」と呼びかけたからだろう。時計屋の金が、あんたのことを「コドくん」と呼んでいるのは、よく知っておる。なにしろ時計屋とは目と鼻の先だからな。しかしわしはあんたに「ヨボセヨ」と呼びかけた。つまり「もしもし」と呼びかけたわけだ。あんたは自分のことではないと思っておるらしいが、わしはあんたに呼びかけたのだよ。日本人のあんたに「ヨボセヨ」と呼びかけたのさ。その意味があんた、わかるかな。（「鼻」）

朝鮮語で呼びかけられて、少年は理解不能な事態に陥って居心地の悪い思いをする。金が単に「もしもし」の意味として使ったとしても、それを朝鮮人を指す蔑称として使う植民者には、それは蔑称以外の何ものでもない。糾弾でも暴力でもない単なる「言葉」が植民者を不安にさせるのはそのためだ。

たとえば、「教室の窓に腰かけて陽向ぼっこをして」「ずらりと鈴生りになって」「わたしたちを見物」する「マル仁校（朝鮮学校）の子供たち」の意味不明な視線も、植民者をしてやはり居心地悪くするだろう。視線の権力を、被植民者もまた行使し、彼らは植民者たちを「眺める」対象にすることで、一方的に「見られること」の恐怖と羞恥を返しているのである。そこで、無垢であるはずの少年が、決して無垢ではありえなかったとあらためて認識するのは、そのような植民地の構造に作家が決して無自覚ではなかったことを示す。

> 「君と僕」の写真はようやく終りに近づいていた。わたしは次のページへ移った。そしてわたしは、おや、と思った。電車の中で短い居眠りからさめたときにどこか似ていた。電車の中でわたしは短い夢を見たらしかった。しかしそれは思い出せなかった。今度は目の前に一枚の写真があった。扶余を発って原隊へ戻る金子（朝鮮人青年—引用者）を年取った父母と美津枝が見送る場面だった。三人に向って挙手の礼をしている金子は、もちろん軍服に軍帽だった。見送る三人は朝鮮服姿だった。（中略）わたしはもう一度、おやっ、と思った。しかしそれが何であるのかはわからなかった。何か気がかりな夢からさめたときの気持に似ていた。しかし写真の前で居眠りをしたおぼえはなかった。わたしはあらためて写真を見直した。そしてとつぜん思い出した。小学校の学芸会だった。指導は狼谷（かみたに）先生だった。わたしは四年生だったと思う。劇の題名は思い出せない。（中略）しかし朝鮮服姿のアボヂ役はわたしだった。ワタシハ生レハ朝鮮人デス。ケレドモイマデハリッパナ日本人デス。ダカラオクニノタメニヨロコンデムスコヲ戦争ニユカセルノデス。これがその学芸会のわたしの役だったのである。（「君と僕」）

少年時代に見た「君と僕」という映画が気になりながら、それが植民地で上映された映画だったゆえ、話者は映画について調べることを思いつく。そこで出された資料を見て、はじめて自分がなぜその映画にこだわっていたのかに気づくくだりである。それは、当時はやった国策映画「君と僕」を脚色した学芸会で、志願兵を戦場へ送り出す役割を自分が担当していたからだ——しかも日本人としてではなく当の青年の父親である朝鮮人の役として。「気がかりな夢」の内容はそのようなものだったのである。植民地での日々を『夢かたり』は、降りるべきところ、つまり自覚すべきことを見過ごす「電車の中で短い居眠り」のようなものだったと自覚する。

それは、生まれた地を追い出され、死んだ父親を自らの手で朝鮮の赤い土に埋め、方向も分からない真夜中の山中を、息を殺して歩かねばならなかった十三歳の少年（後藤）が、その過酷な体験の意味を納得してゆく過程でもある。敗戦直後に警察署で朝鮮人に殴られた少年の母親が、「向うにしてみたら、一つぐらいは叩きたかったとやろね」（「鼻」）とするのもそのような認識上のことである。

とはいえ、敗戦直後に経験したさまざまな不安と恐怖の体験は、少年にとって消え去らないトラウマとなった。それは、急に追い立てられたためあきらめねばならなかった皮の「リュック」の放棄（「従姉」）から始まる喪失と羞恥による。


屋根の無い永興駅のプラットホーム。そこに停車した石灰だらけの有蓋貨車に永興じゅうの日本人が詰め込まれたのは、昭和二十年の秋だった。収容所を追放されたわたしたちはリュックサックを背負ってぞろぞろと永興駅へ向かった。出征する青山先生や父を送っていったのと同じ道である。道の両脇は朝鮮人たちで埋っていた。恥かしかった。捕虜の方がまだましだろう。捕虜ならば自分一人だ。相手は敵か、味方の他人だけである。わたしは下を向いて歩いた。祖母や兄弟たちと一緒であることが、何とも恥かしかった。六十何歳かだった祖母も一歳になるかならないかだった妹も、家族ぐるみで朝鮮人たちから笑われていた。コウゴクシンミンを笑ったコウゴコクシンミンを、コウゴクシンミンが笑っていたのである。(「虹」)

少年の羞恥は、単に追われてゆくことにあるのではない。「家族ぐるみ」で笑われることを少年は恥じている。それは、朝鮮人に「皇国臣民」になることを強制し、しかし朝鮮人が決してほんものの皇国臣民にはなれないことをあざ笑っていた日本人としての自己を自覚させられる羞恥である。天皇を家父長にする「家族」国家が与えてくれた恩恵の剥奪を、「家族ぐるみ」で経験していることに対する羞恥である。それは、「クニノタメニヨロコンデムスコヲ戦争ニユカセル」「父」を、自らの中に発見させられる羞恥・不安ともつながる。(7)

その不安は、林檎園での野宿や「同じ山のまわりをぐるぐるまわ」る不安(「煙」)や、父親を埋めた山に咲いたつつじを餅にして食べるようなおののき、敗戦直後に入れられた収容所で死んで裏山で燃やされた人たち(「鞍馬天狗」)の無念さを簡単には発話させないだろう。(8) 帰国後に耳がきこえなくなったり(「高崎行」)、「会社をやめてしまい、東北の地方都市で世捨て人のような生活を送っているらしい。何を読んでいるのか詳しくはわからないが、毎日正座をして時を過ごしている」とされる人たちもまたそのような人々である。(9)

少年が、敗戦後に「個人主義」(「従姉」)的な家庭を作っていったのは、朝鮮人に代わって警察の留置場にいれられる日本人を見たことの結果であるはずだ。与えられた価値が転倒される経験や自分たちを「配給米」(「従姉」)と呼ぶ「内地」の人間に対しての距離感が、「家族」や「国家」につながることをおのずと拒否させた。家族からあえて離れて女一人でたくましく敗戦と戦後を生きてきた「従姉」の話は、そのような戦後日本を語るものでもある。

だからこそ、『夢かたり』は、好きな人を目にするやいなや自転車を引き返して帰ってきた駅の広場や（「片恋」）、「両手を放したまま両目をつぶっ」て自転車で走って衝突した「桜の木」（「君と僕」）のある運動場についての思いを語りながらも、決して感情を直接に語ることはない。常に、感情を書くことを避けて、突き放すような書き方をしているのである[10]。

植民者にとって、植民地は淡い初恋のような消えない愛着の対象でありながらも、届かない「夢」であり、「所有し得ない」過去である。そのため、『夢かたり』は、過去を「現実であったのか夢であったのか、われながら心もとなく思わせてしまうような、時間」（「片恋」）と認識し、（届かない）ただ「夢」のように語るほかなかったのである。

後藤は、過去が「あくまでも自分の体験に過ぎない」と自覚するようになるために、「敗戦のとき中学一年生の小坊主であったわたしが、四十三歳の中年男に変化するくらいの時間はかかった」とする。敗戦経験が、少年には「とつぜんであり、原因不明で」あったにもかかわらず、その体験を単なる被害者意識や贖罪意識にとどまらない豊かな表現とし得たのは、状況に「とつぜん放り出された」自分を、「半人前の」「滑稽な存在」とみなす視点を持っていたからでもあろう。

植民地の平和な風景のみならず、その背後にある被植民者の敵意や植民者の不安と恐怖を描く『夢かたり』は、植民地主義の内破の現場を見せてくれる。そのように〈内破する植民主義〉を描く『夢かたり』は、記憶の風化が進んでいる今日こそ、改めて読み直されるに値する[11]。

注

（1）朴裕河「引揚げ文学論序説――戦後文学の忘れもの」（『日本学報』二〇〇九年一一月）。
（2）後藤明生の全集は刊行されていない（二〇一六年一〇月から国書刊行会にて後藤明生コレクションが出されるようになった）。本稿では絶版となっている単行本を使用した。
（3）坂上弘は「夢かたり」の風景について「だれも分かち合っていない風景」だったとした（川村二郎・坂上弘・佐多稲子「読書鼎談」、『文芸』一九七六年六月）。
（4）朝鮮における包茎手術は、朝鮮戦争の際、軍医たちの手術練習のために始まったという。アメリカの軍医たちが韓国軍を相手にはじめたことがその後の拡散と一般化につながった（全ウヨン「近代の散策」、「中央日報」二〇一〇年一〇月一一日）。
（5）この風景は作中に「永興事件」として言及されていることをめぐる状況と考えられる。一九三〇年代にピークをなした農民組合運動の過程で日本側にも死者が出、日本の警察は大々的な取り締まりに入った。「三一年一〇月をピークとして一九三三年ぐらいまで闘われた」（飛騨雄一「永興農民組合の展開」むくげの会『朝鮮一九三〇年代の研究』三一書房、一九八二）というが、後藤は事件当時ではなく後の取締りを見たようである。
（6）平岡篤頼は、『夢かたり』の「躍動する瑞々しさ」を指摘し、「すべて、生きて動いている言葉が掘り出し、探しあて、出会ったイメージや光景や挿話であるがゆえに新鮮」だとしている（「新著月評―闇の領域からの通信」『群像』一九七六年六月）。
（7）平田由美は、後藤がもとめていたのが「敗戦によって失われた「故郷」にあったと彼が信じる家父長制的「大家族」紐帯にほかならなかった」とする（「「引揚げ」物語をめぐるジェンダーと言語」、「東国大学日本学研究所国際学術シンポジウム資料集」二〇一〇年一月二七日）。しかし、そのような「虚構への欲望」を作品に見いだすことはできない。むしろ後藤はこのような家父長制の「虚構」性を見ていたとわたしは考える。
（8）永興に近い元山の避難民七〇〇〇人のうち一九四五年九月一九日から翌年四月までに元山地域だけでも一三〇〇人ほどが死んでいる。同時期の死亡者中、栄養失調が一八八人、その他病気が死因となったのは九五三人だった（『朝鮮終戦の記録　資料篇第三巻』巌南堂書店、一九八〇、四四〇頁）。ほぼ七分の一の人が死んだのである。

（9）水上勉は後藤が「二色刷りの時間」を書きたかったとする言葉を引きながら「体験で（つまり少年時に）ながした涙はどこにまぎれこむものか。それが知りたくなった時間が喰うはずもない。作者自身が、精神の根雪の下に埋めたのである」としている（水上勉「後藤明生の夢かたり」、『海』一九七六年六月）。

（10）乾口達司は『夢かたり』の話者が「北朝鮮と日本とのあいだで引き裂かれたままの状態としてあり続けている」「両義的な存在」（「後藤明生『夢かたり』における「わたし」の過去と現在をめぐって――「煙」を中心として」『解釈』二〇〇二年一・二月）とする。しかし、後藤は懐かしみながらもつきはなして書いているので「引き裂かれている」「両義的な存在」にはあてはまらないとわたしは考える。

（11）同時代の批評として交わされた対談で川村二郎が「植民地に対して日本人がどういうことをしたかとか、そういうようなことを問題的に書こうということは、いっさいしない」として後藤を批判しているのに対して、坂上弘は「類型化」をしなかったのだとして擁護している。坂上は『夢かたり』に関して深い理解を示しているが、その一方で少年時代に「関心なくやっていた」（注3に同じ）ともしている。しかし、これは少年が無垢ではあり得ないことを後藤が書いていることを見逃しているゆえの発言と思われる。

植民地的身体の戦後の日々
――後藤明生『夢かたり』論2

1 「夢かたり」「鼻」――「半人前」の植民地風景

日本の敗戦後三十年あまりを経て書かれた後藤明生の『夢かたり』(一九七六)は、植民者と被植民者が入り交じる植民地の風景を描きながら、支配者側もまた無傷ではいられない、植民地主義そのものの危うさを描いたテクストであった。[1] しかし、同時に『夢かたり』は、少年時代の植民地生活のみが書かれているのではなく、単行本の「後記」で著者自身が触れているように、そこから時間的にも空間的にも隔たった「戦後」の日本から回想されていることにもうひとつの中心がおかれている、「現在」の物語でもある。つまり、『夢かたり』は「記憶」の復元に多くのページを割きながらも「記憶」の世界へ誘われる「今」の自己をも注意深く描いているのである。そしてその点にこそ、植民地体験を描く現在の「自己」に無自覚か無関心なほかの回想物語と『夢かたり』が区別されるべき理由がある。本論では、そのように過去の記憶へと導かれる「現在」に注目しながら、

『夢かたり』が試みたこととその成果について考察したい。

後藤は、『夢かたり』について、「わたしがここで書こうと思ったのは、自分の過去を思い出している一人の「私」である[2]」と、自ら説明している。つまり、後藤自身、このテクストでは「過去」自体よりも、むしろ「過去」の出来事を日常の中のふとしたきっかけで思い出す「現在」の「私」のほうに関心があったことを明らかにしてもいるのである。そのようにして対象化された「私」とは果たしてどういう存在だったのか。

前章でも述べたが、『夢かたり』は、十二の連作物語として成り立っていて、それぞれに「夢かたり」「鼻」「虹」「南山」「煙」「高崎行」「君と僕」「ナオナラ」「従姉」「二十万分の一」「片恋」「鞍馬天狗」のタイトルが付いている。そして後藤自身「連歌、連句に似ていたかも知れない」(同「後記」)としているように、それらの章は緊密に連携しているのだが、ここではとりあえず物語が書き起こされる前半部を中心に分析し、『夢かたり』の意図するところを明らかにしたい。

一巻全体の最初に置かれる「夢かたり」が、「夢を書こうというのではない」と断りながら、夏目漱石の「夢十夜」に言及しているのは象徴的だ。「わたし」は、特に「第七夜」の結末に感心したとしながら、漱石自身の(西洋へ向かう)「船の体験から一つの夢が出て来た。しかしそれは確かに一夜の夢であると同時に、世界そのものとなっている」(「夢かたり」)と記す。「わたし」が「個人の体験を超え」た「世界」の姿を描こうとしながら「夢」の形を借りようとするのは、その「世界」を、リアルでありながらもいまだそのリアル性を疑うほかない「夢」のようなものと感じているからといえるだろう。つまり、「夢かたり」は、その「夢」が「現実」で存在したかもしれないこと自体にはさほど執着していない。そして、夢から覚めた「今」、それを実在したものとして確認させる感情や感覚を通してその実在性を確認している「今」の身体のほうに関心を注ぎ、むしろ身体なしには確認しえないような不確かさといった感覚そのものを中心的に描いているのである。

物語の最初に書かれる夢が「昼寝」のなかの「夢」だったのも、それが夢の世界へと誘われる準備を整えての夜の時間から離れて、いつでもどこでもやってくるもの、すなわち内在化されたものであることを示す[3]。そしてその最初の夢が、「小学校時分に住んでいた北朝鮮の永興という小さな町」で、友だちと「崖」をよじ登り、「崖が崩れ落ちる」恐怖の中で「必死で手摺りにしがみつ」いている夢となっているのは、これから書かれる「夢」の基調が、恐怖や不安といったものになるだろうことを示していよう。

『夢かたり』が、一方では植民地主義の危うさを巧みな方法で描きながらも、決して植民者の告発や贖罪や訴えといったことを直接に書かないのもおそらくそのためだ。告発しようにもその根拠となる体験は「夢」のような不確かなものであって、そのような不確かさといった「わたし」の感覚にこそ誠実であろうとするのである。そこで『夢かたり』が中心をおくのは、植民地ののどかな風景や些細な事件、食べ物や遊び、しぐさ、言葉などに取り囲まれての生活のなかで味わった、不思議さや無念さなどの「感情」や感覚的体験の方になるのである。すなわち、植民地の空気を吸い、風景を目に入れ、その地域の動物や植物を口に運びながら「植民地標準語」で育った結果で作り上げられた〈植民地的身体〉の〈戦後〉こそが、『夢かたり』が描こうとするものなのである。

さきほどの「昼寝」の「夢」の空間が、「一緒に遊びに行った記憶もない」という「本田君の家」

だったのも、「一緒」だったという過去の実体験よりも、その後三十年ものあいだ消息が分かっていない人物であるゆえのことと見るべきだ。つまり、「北朝鮮の町で別れ別れになった」まま、「会っていない」「生死もわからない」人物をあえて出してきたのは、そのようなことを気にかけている「現在」の「わたし」を提示するためなのである。

不安定な感覚による不安の感情に続いて、「夢かたり」は、子供の頃嗅いだ匂い（犬を煮る匂い）や理解し得ない不思議な風景（そばを踏む男、手錠をかけられた坊主頭の男たち、オマケの達人、朝鮮学校の子供たち）を、それを受け入れた視覚や嗅覚に中心をおいて描く。植民地の風景とは、子供にとってはそのような「感覚」「感情」でしか感受し得なかったものであり、だからこそその「世界」は、身体の奥底に蓄積されるほどにリアルでありながらも、それ以上のことに踏み込まないものになっているのである。

第二章の「鼻」で、警察に捕らえられていた朝鮮人たちに弁当をつくって運んでいた友人の母親が、朝鮮人たちに「われわれはあなたが毎日運んで来てくれた弁当を食べて日本帝国主義と戦い抜いたのだ」と言われたことを、終戦後再会した友人たちから聞く。「山口の家を守ってあげると押しかけて来た朝鮮人たちがそう叫んだ」ことがありうると書く意識の背後には、それとは逆に朝鮮人たちに頬を打たれ、財産を奪われ、ついには追放された自らの家族の境遇も存在する。しかし、「わたし」は「山口がわたしたちに向ってそういわなかったのは、それが現在の彼の思想のようなものだからかも知れない」と書くにとどまり、そのことの是非についてはそれ以上書かない。その友人とは対称的なところに十三歳の自分が存在していたことを自覚・確認しながらも、自己弁護でも植民地の人に対する恨みでもなく、永興の警察署が「どこといって取柄もなさそうな古びた小さな永興という町の規模には不相応な大きさ」だったことだけをさりげなく書くに留まるのである。つまり、後藤は声を大にして植民地主義を批判することはしない。しかしだからこそ、植民主義の隠微さが露わになる書き方をしているのである。

『夢かたり』で一貫して書かれるのは、表舞台の物語としての平穏さの陰に「数珠つなぎにされた」男たちがいたことと、身柄を拘束される人物が一夜にして入れ替わり、中には遠く「シベリアへ送られた」ことが同じ空間内のことだったことに対する、不条理の感覚である。だからこそ「わたし」は、このことをめぐって「おそらく日本人と朝鮮人、日本と朝鮮にかかわるあらゆる議論を受け容れるだろう」としながらも「しかし同時にあらゆる議論を拒絶しているかも知れないのである。少なくともいまわたしは、そういった議論の方へは、関心が向かなかった」とするのである。

「わたし」が、植民地の平穏さを描きながらも、友人山口が「朝夕二回」「毎日リヤカーを引いて弁当を運」びながら「十畳くらいのオンドル間」で「母親と二人で暮していた」貧しい母子家庭出身であることを書き記していることも、そのような文脈から理解すべきであろう。数珠つなぎにされた男たちのいる風景を見ながら「気持の変化」のようなものがあったかどうかの検証よりも「山口のお母さんがずっとリヤカーを引き続けたこと」の方に関心があったと語るように、自らも無関係ではなかった植民地の階級性に読者の関心を向かわせようとするのである。

「金持ちの息子」（「鼻」）である「わたし」が、敗戦後警察署に「金持ちだった順」にしたがって「大伯父が二日間入れられ」「若い朝鮮人民保安隊の係官から、ずいぶん」「平手打ち」を「喰ったらしい」ことや母親が殴られたことを書き留めながらも、そのことに対して感情移入することがないのもその延長線上のことである。だからこそ、朝鮮人に殴られたという母親の話を聞きながらもそのことに対する怒りや悲しみを書くのではなく「わたしはその左頬の痛さを想像してみた。しかしわたしが思い出したのは母の平手打ちの痛さだった。永興ではよくあれを喰ったものだ。母の平手打ちは親戚じゅうでも有名だった。いかにも平手打ち向きの、指の長い手なのである」(「鼻」)というふうに、はぐらかしのポーズを取るのである。

天狗鼻のアボジや帽子屋の金さんに触れながら、そのアボジの視線を追って家の前を通った自動車や警察や「手錠をかけられた坊主頭の男たち」に注目し、さらにそのことを「山口」の話につなげ、最後に「弁当を積んだリヤカーはわたしの家の前を曲がって行った」(「鼻」)とする展開に関しても、同じように理解することができる。つまり、「わたし」のみならず朝鮮人たちもまた毎日「リヤカー」を引く日本人女性を眺めていたのであって、被植民者とはいえ店をかまえる朝鮮人男性とその日本人女性は、階級やジェンダーにおいて民族を基準とする単位の加害・被害の構図からずれている。いわば、錯綜する——子供の目には「ふしぎな」——植民地模様を、目にした風景のままに、裁断を留保しつつ描くのである。「わたし」が議論を避けているのはそれゆえのことと言えるだろう。別の章で、破けたズボンをはいている日本人少年などに触れているのもそのような意図によるものと考えられる。

しかし、それは植民地主義を免責するために階級社会を描いているというよりは、「一人前」ではなく「半人前」としての少年に見えた風景をそのまま描こうとしてのことと言うべきだ。そこで、

「戦後」の描き方も、立場を確定して善悪を判断する「一人前」としてではなく、あくまでも少年としての「半人前」の感覚にこだわってのものとなるのである。それは引揚げの悲惨な経験から「生きていること自体が不思議」と感じていた「わたし」ならではの選択であり、そうである限り、『夢かたり』の世界が理性ではなく不安や不条理といった感覚を描くことに重きをおく物語となるのは、むしろ必然のことだった。

2 「虹」――植民地的身体の二つの精神風景

「虹」は、正月に雑煮を食べていた時かかってきた電話のことから物語が始まる。雑煮の餅に納豆をまぶして食べる「わたし」は、そのような食べ方が植民地独特なものだったことを友人との対話で知ることになる。餅も納豆も日常の中でよく目にするもので、「私」は「そのどちらかを見ると「ときどきそのときの雑煮の話を思い出」す。

「植民地雑煮」と定義される雑煮の話が「皇国臣民ノ誓」へと続くのは、「誓」の内容が、「朝鮮は日本なのだ、という嘘を事実らしく仕立て上げるための仕掛け」でしかなく、植民地雑煮も皇国臣民の世界も植民地においてのみ有効で、今では継承される見込みのないものとしての共通点があるからである。様々なことの「暗記暗唱の上に嘘が成り立っていた」と考える戦後の「わたし」は、植民地の日常を「意味より言葉が先」「論より証拠」の世界とみなしており、まぎれもない近代の規律が刻印されたものとして自らの身体を認識している。後で触れるが、友人の田中から、「ぜったい家族ぐるみで会おう」との誘いを受けた「わたし」が単に「うん、うん」と曖昧な返事をし、それでも友人がたたみかけるように「また「家族ぐるみ」を強調し」たと記すのもこのことと無関係ではない。

さらにこの場面が、子供と「朝鮮の日本人学校」をめぐる対話へと続くのも、そこがいまでは存在しない、まぼろしのようなものであるという点で、「植民地雑煮」や「皇国臣民ノ誓」とその本質において通底するものだからである。新しい鉄道がそこを通れば「永興駅は一変する」とかつて兄が期待していた「紀元二千六百年」（昭和十五年）に関しても同様のことが言える。その数字をもって「まるでSF」とする子供の「わたし」への発言は、まさにそのことを突いているものにほかならない。

その「まるでSF」の年に「わたし」の父親は軍服を新調したが、永興駅はあいもかわらず「屋根なしのまま」で、「わたし」はそのプラットホームで「何度も出征兵士を送った」。そして回想は、ふたたび「屋根の無い永興駅のプラットホーム」の記憶へと向かう。

屋根の無い永興駅のプラットホーム。そこに停車した石灰だらけの有蓋貨車に永興じゅうの日本人が詰め込まれたのは、昭和二十年の秋だった。収容所を追放されたわたしたちはリュックサックを背負ってぞろぞろと永興駅へ向った。出征する青山先生や父親を送って行ったのと同じ道である。道の両脇は朝鮮人たちで埋っていた。恥かしかった。捕虜の方がまだましだろう。捕虜ならば自分一人だ。相手は敵か、味方の他人だけである、わたしは下を向いて歩いた。祖母や兄弟たちと一緒であることが、何とも恥かしかった。六十何歳かだった祖母も一歳になるかならないかだった妹も、家族ぐるみで朝鮮人たちから笑われていた。コウゴクシンミンを笑ったコウコクシンミンを、コウゴクシンミンが笑っていたのである。(「虹」、強調は引用者)

ここではじめて、「わたし」が友人の放つ「家族ぐるみ」という言葉に曖昧な返事しかできなかった理由が見えてくる。「わたし」は朝鮮での恥の記憶が「家族ぐるみ」での事態だったことに深く傷ついていたのであり、この言葉の配置は周到な計算のもとに選ばれたものだった。このような伏線の配置をたびたび試みることで、『夢かたり』は単なる回想を越えた「物語」を目指すのである。

この駅は、日本人が教育したはずの「規律」を忠実に身につけた朝鮮人たちが、いまや「チュウカクセイ、シュウコウ!」とその規律を日本人に要求するような転倒の場となっていて、そこではかつてあざ笑いの対象だった朝鮮人の発音を笑うことなどもはや許されない、屈折した体験の空間でもある。一夜にして経験した世界の転覆は、自らの植民者性に十分に自覚的ではありえなかった十三歳の少年には〈不条理〉以外の何ものでもない。「難民のキャンプ場と化した」場所における、ソ連軍の強姦を含む数々の受難が描かれながらも、その悲劇性を強調するよりは「ギターを弾い」たり、松の実の殻を口のなかでむいて「ぷっと殻を吐き出」したりするソ連兵の姿を同時に描くのも、その不条理性を際立たせるものにほかならない。暴力的存在の戯画化された姿は、暴力の悲惨を曖昧にする。しかし、それは暴力性を曖昧にするためでも、日本人の被害を強調するためでもない。過去を描く「わたし」の関心は、あくまでも世界が少年の目にどのように見えていたのかにあるのであって、その出来事に対しての判断はさしあたり関心事ではないのである。このような姿勢が『夢かたり』では一貫して見られる。

物語はふたたび雑煮の話にたち戻り、納豆をまぶして食べる食べ方が「曽祖父の好みだった」が、「わたしの真似をするものは誰もな」いだろうと、戦後の引揚げ家族の姿に触れる。そしてくだんの友人の年賀状を眺めながら「この田中の家族とわたしの家族。その家族ぐるみの対面はあるいはいつかこの日本のどこかで実現するのかも知れない。しかし彼の「家族ぐるみ」は、どこかわたしの納豆雑煮と似ているような気がしないではなかった」と記す。

「わたし」は、「皇国臣民ノ誓」同様、引揚げ者の感性や好みもまた、今では消えつつあるものと認識している。それは、戦後日本がほかならない元〈内地人〉の空間であって、〈単一民族〉のものであるはずの国家に亀裂を入れる植民地的〈雑種〉の感性は、どのような意味でも忘却され捨て去られなければならなかったことを語るものである。

家族とは、何もかも暗唱させることで国民をしてともかくも思考することを停止させた日本帝国が目指したものでもあったが、天皇「家族」の破局を目のあたりにした戦後の「わたし」は「家族ぐるみ」という言葉にもはや執着しない。しかし、同じく引揚げ者である「田中」はなお「家族ぐるみ」に執着しているのであり、帝国の破局を見た者たちがすべて「わたし」のような戦後を送っているわけではない。見果てぬ夢というべき「田中」の家族執着は、家族どころかいくつもの民族が一つであることを夢見た帝国の崩壊を前に、「わたし」とは違ってなお見果てぬ夢を見ていたものたちが元植民者たちのなかにいたことを示すのである。そのような、戦後日本の二つの精神風景が、「虹」にはさりげなく描かれている。

3 「南山」——命と死の空間

『夢かたり』の「かたり」は常に過去に入る現在の入り口から書きおこされる。「南山」も例外ではない。朝日新聞に載った記事——朝鮮の古い文化財の石人（石製の人物像）が盗まれて日本に入り込んでいるという——に触れながら、かつての朝鮮が今では韓国になっていること、そして「石人ではなく「望頭石」となっていた」ことが記され、両班の文字から「ヤンバンサラミ[4]（貴族階級を意味する両班の人、との意味）」と「父のことをそう呼んでいた」朝鮮人のことを思い出すのである。そしてようやく、「自分が生まれた場所をいつも呆んやりと考えている」「朝鮮というものが脳味噌のどこかにべたりとはりついて離れない」と、自分の身体が直面している現在の状況が明言される。「記事そのものにはあまり好感を持てな」いとしながら切抜きをしたのもそのためであろう。「わたし」は、「「最大の盗掘者」伊藤博文」との韓国人の言葉を引用している記事に「韓国人の主犯二人がまだ逃げまわっているうちから、日本人の方が早々と詫びを入れなければならないというのは奇妙な話」と、異議を唱えている。それは、泥棒は泥棒として処罰されていいとしても、「朝鮮総督が一旦罰せられるときには、わたしの祖母に至るまで自分の入るべき仏壇を失わなければならなかった」ことに対しての無念の思いゆえのことであろう。

「わたし」がここで「とつぜん仏壇のことを思い出」すのは、石人が朝鮮では墓の回りに立っているもの、つまり死にまつわるものだからである、そして、昔の「わたしの家の仏壇」に納められていた弟と、引揚げの途中不慮の死を遂げ「ついにその仏壇の中へ入ることが出来なかった」祖母と父親の〈死〉に対するかつての感触がよみがえることになるのである。

「永興では山といえば南山」だった。「永興じゅうのどこからでも南山へ登ることが出来」、「永興神社[5]」と「日本人墓地」と「火葬場」があった場所で、「朝鮮人たちが大勢で泣きながら行列を作って登って行くのも、南山だった」。そこは、植民者と被植民者の、おそらく唯一の共有する空間だったのである。

朝鮮人葬式での声「アイゴ」(哀号)を、嘆きや満足など喜怒哀楽の色どりの数だけある強力な表現と捉らえながら、「これに匹敵する日本語」は「祖母のナマンダブぐらい」とし、しかしそれは「あくまで祖母だけのナマンダブ」でしかなく、朝鮮人の「哀号」は「集団全体の言葉」だったとあえて記すのは、植民者少年の耳が捉らえたものが一種の恐れだったことを示す。そのことを少年は朝鮮人たちの葬式を通して確認しつつ「四歳の弟」があの世へ立ったときの死の感覚を思い起こす。しかしその次の瞬間「とつぜんわたしはいま、この歌を思い出した」として歌の記憶へと話が飛ぶのは、その空間が、片一方では身体を思い切り解放させての〈遊び〉や〈生〉の場所でもあったからである。そこは、「何かというとこの歌を歌った」とされる、生を謳歌した舞台でもあった。

朝鮮の山奥で
かすかにきこえる豚の声
あ、ブー、あ、ブー、あ、ブ、ブ、ブ！（「南山」）

この歌は、「学校の帰りにも」「龍興江へ泳ぎに行くときも」「山口や吉賀たちと孔子廟の裏の森へ蟬取りに行くときも」「朝鮮寺へ遠足に行くときも」、「兎追いしかの山」などで始まるさまざまな「合唱が終わったとたん、とつぜん、朝鮮の山奥で……とはじまる」歌だった。女の子たちの縄跳びの時も歌われたというこの歌は、いわば子供時代の躍動する生につねについてまわり、また支えてもいた歌といえるだろう。「朝鮮の山奥」という、文字通り植民地その場所にほかならない地で生まれた歌。その歌によって育ち、その歌を内面化した植民者の子供たちの身体がここでは描かれるのであって、そのリズムと歌詞をいまだ正確に覚えている〈戦後〉の身体は、まぎれもない〈植民地的身体〉にほかならない。

とはいえ、生を謳歌する歌が鳴り響く山が「焼かれた弟の骨拾い」をした火葬場と墓地が並ぶ「死」の場所であることに変りはない。そして、「二つに分けた骨のうち一箱を、そこへ埋める」ことで「やがて南山の土に帰る」ことになっていた弟や曽祖父の死は、「曽祖父の通夜の晩の匂い」――「油紙が熱される匂い」（オンドルには油紙が敷かれている）として身体に刻み込まれている。

「わたし」は、その曽祖父が日韓併合の年にはすでに「五十八歳」だったとしながら、曽祖父が最後に住み着いた場所――「何の取柄もない北朝鮮の小さな町」が朝鮮の始祖「李成桂」の由来地でもあると教えてもらったことを思い起こし、改めて本を調べて「三十何年ぶりかで、やっと自分が生れた永興という町のそもそもの由来を知ることが出来」る。それは『夢かたり』が、現在において、過去を生き直す話でもあることを示す。

> 南山は永興の人間が誰でも最後に行く山だった、それは日本人も朝鮮人も同じだった。わたしの曽祖父も弟も最後は南山へ運ばれて行った。しかし南山はわたしたちの遊びの山でもあったのである。射撃演習場は南山のほぼ中央部の草原だった。同時に朝鮮人墓地の真只中だった。あたり一面、見渡す限り土まんじゅうだった。果しもなく続く敵のトーチカのようだ。わたしたちはその上でお山の大将をやった。お山の大将おれ一人、あとから来るもの突き落とせ。転げて落ちてまた登る、赤い夕陽の丘の上。(「南山」)

「黄色く枯草でおおわれていた」「土まんじゅう」の朝鮮人墓地をめぐる「わたし」の記憶は、「たちまち全身は泥棒草だらけ」になり、「転落し石人に頭をぶつけ」、「這い上がってそこに立つと、眼下は一面、土まんじゅうのうねり」が見えるというような生の触覚と視覚で満ちたものだ。しかし一方でそれは同時に「波のうねりのように遥か彼方からわたしを手招きしていた」と記されるように、まぎれもない〈死〉の触覚や記憶でもある。植民地で生まれ育った植民者二世に、そこが命を謳歌した〈生〉の場所以外の何ものでもないことは当然だ。しかしこのように生の隣り合わせに死を呼びよせる記憶は、引揚げの際に経験した圧倒的な死の記憶あってこそのものでもあるはずだ。敗戦の年に少年だった引揚げ者にとって植民地は、自らの命を育んだ生の空間でありながら、肉親の死の記憶におののく死の空間でもあったことが、「南山」には描かれているのである。

4 「煙」――不安とやすらぎと

「煙」は、夜中に眠れずに「夜通し起きていた」ある晩のことから書き起こされる。「ある晩、わたしはふと手を伸ばして箱形置時計のラジオのスイッチを捻」り、「何度かダイヤルを動か」すと「朝鮮語の放送がきこえて来た」。「わたし」はその放送を、「一言一言、嚙んで含めるような女子アナウンサーの朝鮮語」から、「北朝鮮側の放送ではなかろうかと思」う。

そして「煙草に火をつけて、大きく煙を吐き出してみた」。「三十年の間に、朝鮮語をきれいさっぱり忘れてしまっていた」ことから、「自分の頭の中がガランドーになったような気がした」「そのガランドーの頭の中」にとつぜん山口の声が聞こえたとしながら、「わたし」は煙草の「煙」の間にまたもや過去の記憶を呼び寄せるのである。

記憶の中に存在するのは、さまざまな朝鮮の遊びや、自分の「片脚を自分の肩にかついで」「毎年、大雪の日に西の方から走って来た」不思議な「犬橇の男」である。そのような事柄は子供の「わたし」には、「わからないことばかり」の「謎」であり、「不思議なもの」だ。ここでも、描かれるのは子供に見えた世界であり、戦後の今の身体は、その子供の目を通して植民地を追体験している。友人たちとの共通の記憶をさぐる中で出てきた「鉄砲撃ちの金さん」も、「猪が獲れると

（中略）肉を息子に届けさせた」。朝鮮人が捕った、朝鮮の動物を食べて育った「わたし」の身体が、そのことを思い起こしているのである。

昔「金さんの息子の真似」をしていた「わたし」のことを友人に指摘されるのは、この章に続く「君と僕」同様、意識からは消えている根源体験——しかもほかならぬ加害者であったこと——に気づく過程でもある。さらに、「魚屋」だった「佐藤君」が「双子が三組で十三人兄弟」で、「わたしより一年上」の彼が「大きな荷台のついた自転車で魚の配達をしていた」姿や、「二宮金次郎のように、林檎を山盛りにした竹籠を背負って南山から降りて来る」姿も、子供に映った階級的植民地社会の姿にほかならない。

物語はふたたび現在の「朝鮮語放送」の話にもどり、「わたし」は、「ききおぼえのある朝鮮語を片仮名で書き取りはじめ」る。そして、南朝鮮と北朝鮮との区別をつけるために真ん中に一本の線を引いた瞬間「偶然とはいえ、世界はたちまちにして一変し」、「わたしはおどろ」くことになる。というのも、「無造作に鉛筆で引かれた一本の横線は、三十八度線以外の何ものでもなかった」のである。そして、さらに聞いていくうちに、南側と思い込んでいた放送が「節はまぎれもないロシア民謡」であることに気づき、「わたし」は「頭に混乱が生じた」。

とつぜんの混乱はこの歌から生じた。先刻はいかにも新興国家らしい行進曲ふう。（略）果してどちらが北なのだろう？　わたしは雑記帳を逆さまにしてみた。
真夜中だった。わたしの前を母が歩いていた。母は小さな妹をおぶっていた。ちょうど三十年前の妹だった。母の黒っぽいモンペの上で妹の短い両脚が小さく揺れていた。母は左手に風呂敷包みをさげていた。風呂敷包みは鍋の形をしていた。山の中だった。わたしたちは落葉松の間を歩いていた。たぶんそれは道だったのだろう。どこを歩いているのかわからなかった。にもかかわらずわたしたちは山の中を歩き続けていた。北から南へと歩いていた。三十八度線の方へ歩いていた。歩いていたのだと思っていた。わたしも荷物を背負っていた。母が手で作ったリュックサックに似た袋の上に丸めた外套をくくりつけていた。その荷物のためにわたしの歩く姿勢は前かがみだった。見えるのは黒っぽい母のモンペと、その上で小さく揺れている妹の脚だった。何度か梟の鳴声がきこえた。(「煙」)


夜中の逃亡の風景を描くこの場面は、紙の上に引いた現実の「三八度線」からの連想の導入部として、見事な展開になっている。

真っ暗な山の夜道を歩きながら、「わたし」は「おそろしいとは思わな」い。この場面を満たしているのは、恐ろしさではなく、静けさと、それぞれの孤独と、しかしそれぞれをつないでいる気持の絆である。「黒っぽいモンペ」と「その上で、小さく揺れている妹の脚」の描写がこのあとも繰り返し登場するのは、真夜中の山を歩いた十三歳の少年の記憶に刻まれた様々な風景の中でも、もっとも強い強度を示す。

「四十人程の団体」をなして歩いているこの行列は「山の中の道なき道を三十八度線の方へ歩いているはず」だが、確かではない。ただ「そう信じる以外にわたしが歩いている理由は見当らな」

いのである。「しかし見えるのは母のモンペと、その上で小さく揺れている妹の脚だけだった」と再三書かれるのは、母と妹の身体だけが、不安を圧し殺してやすらぎを与えてくれる唯一の存在だからにほかならない。真夜中の不安を描くこの場面は、不安のなかのやすらぎを、あるいはやすらぎのなかの不安を見事に描いていて、『夢かたり』のなかでももっとも成功している場面と言えるだろう。

それは、「永興の日本人収容所を追放されたあと」に「花山里」という地域の農家で「父と祖母はその温突(オンドル)間で死」に、「山のかちかちに凍った赤土の斜面に土葬」され、次の春の「山に躑躅が咲」き、「母はその躑躅を摘んで来て躑躅入りの団子を作った」ので、その地を離れる時「振り返ると花山里の山全体が、躑躅におおわれた巨大な墳墓のように見えた[6]」というような心のおののきの場面が、このうえなく美しい風景と重ね合わせられながら描かれるのと同じ手法と言えるだろう。作家後藤は感情をあくまでも相対化させながら描く態度を貫くのである。

出発の前夜わたしたちは安辺の某所に集合した。林檎園の中だった。その晩わたしたちは林檎園の中に泊った。林檎の花は満開だった。わたしたちはその満開の花の下で眠った。夜中にわたしは一度目をさました、母は起き上って、小さな声で何か歌っていた。山路越えて、一人行けど、主の手にすがれる、身は安けし。峰の雪と、谷の流れ、心清くして、胸は澄みぬ。見上げると林檎の花は真白だった。わたしは真夜中の山の中を歩きはじめてから、一度だけその場面を思い出した。歌の文句のせいだったかも知れない。母はキリスト教徒ではなかった。ただの愛唱歌だったのだろう。それとも祖母のナマンダブのようなものだったのだろうか。(「煙」)

わたしたちは同じ川を二度渡った。一度目川を渡って向い側の山中に入り、歩きまわった。そしてその山を下り、また川を渡ったのである。もちろん同じ場所ではなかった。景色は相変らず絵のようだった。しかしとつぜん、方向がわからなくなった、同じ山のまわりをぐるぐるまわっているような気がしたのである。やがてわたしたちは、また山中に入った。そして歩くのはまた真夜中だった。わたしの目の前に見えるものは、母の黒っぽいモンペとその上で小さく揺れている妹の脚だけだった。(同)。

このように、不安や苦労をも突き放した描き方をすることで、少年の不安は読者にかえってひしひしと伝わる。ある日真っ暗な「世界」の中に放り出された少年の不安とかすかなやすらぎが、見事に描かれるのである。対象についての判断や感情を直截に語らないこのような描き方こそが、『夢かたり』の物語を豊かにし、単なる回顧文学や告発文学に陥らないようにしたものだった。

5 感覚を描くことの意味

植民地における恐れや不安の感情を描く『夢かたり』は、身体にいまだ刻印されているそのような感覚や感情を、さらに掘り下げていく。それはたとえば「高崎行」では「もどかしさ」だ。先輩の敗戦体験を聞きながら、「わたしは決してその場面の遠くにいたわけではなかった。むしろその真只中にいたはずだった。しかし、一歩か二歩のずれがあった。（中略）何とももどかしい一歩か二歩のずれである。夢のようなもどかしさだった。そしてそのもどかしさは三十年間ずっと続いた」のだという。その「もどかしさ」こそが、ここでは描かれるべき対象となっているのである。それは、「いかにも絵に描いたような敗戦後の場面をわたしは知ら」ず、体験の背景や原因に入ることはできなかった少年ならではの感覚に忠実であろうした結果と言えるだろう。「高崎行」の最後の場面が「怪力のドイツ人女を見せるというサーカス団が永興を訪れたとき」の話になっているのも偶然ではない。「サーカスに行ってみると」出てきたのは「ドイツ人女」ではなく「全身真っ黒」の皮膚の「怪力女」だったというのも、少年にとっての「世界」の「わからなさ」こそを描こうとしたゆえのことなのである。

「君と僕」においては、それが、「こだわり」の感覚として描かれる。自分を捕らえているものの正体がわからないながらも、「わたし」はこだわり続け、最後の場面でようやくそのこだわりの正体をつきつめるのだが、それには三十年の歳月が必要だった。ここでも、重きをおかれるのは、植民地の現実などというようなものではない。自転車を乗り回しては転んでぶつかった桜の木の触感や、朝鮮人の墓や石人を体で感じ取った感覚、いわば対象が何物かをも突き止めないままに三十年もの間身体の中に堆積させてきた時間そのものなのである。

「水疱瘡」にかかった子供が楽しみにしていたリレーに出かけられなくなった「無念残念」をきっかけにして、三十年前の自らの「無念残念」の感覚を呼び覚ましていることともそれはつながる

（「ナオナラ」）。水疱瘡や麻疹、そして植民地の女の狂気などの「病気」という記号をたくみに使って、それらが「身体」に刻み付けた感覚そのものがさぐられているのである。狂気の女が口にしていた言葉「ナオナラ」とは、「わたしたちの遊びの中にも入り込んでい」る日常そのものだった。さらに、町をさ迷っていた「朝鮮人の、気違い」のこっけいな「笑い方」までをも、中年の「わたし」の身体はいまだ覚えているのみならず、そのしぐさを思わずまねまでしている。それは、植民地に犯された〈帝国の身体〉の、まぎれもない「帝国崩壊後」＝戦後の日々なのである。

しかし、帝国の少年に刻み付けられたそのような不穏な記憶と感覚は、単一民族国家としての戦後日本ではともかくも脱ぎ捨てられ、忘却されるべきものでしかない。その一方で、共通体験をした「家族」の維持はその忘却を妨害するものでしかない。死んだ父のシャツをほしがる親戚の欲望があえて描かれるのも、それが本来は封印されるべき集団記憶であったからにほかならない。

このようにして『夢かたり』は忘却という集団欲望にあらがうように、北朝鮮での生活と引揚げの記憶を細密に掘り起こしてゆく。そうさせているのは、「わたし」の身体がまぎれもない「過去」の痕跡を残したものであることへの強い自覚である。繰り返すが、それが、帝国に対する直接的な糾弾になっていないのは、あくまでも当時の、「半人前」の子供としての感覚に忠実であろうとしたがゆえのことである。罵倒を含めての「朝鮮語」ができていた、帝国の子供の存在そのものを再現することがここでは試みられているのである。そのようにして『夢かたり』は、事態の原因や背景を考える「大人」の論理には距離をおきつつ、未完成で未熟な少年に映った「世界」の不安定さを描く。それは、ある日突然、「あの場所」から「この場所」への移動を余儀なくされた不条理の感覚でもあり、その感覚は「この場所」――内地、戦後社会――にも距離をおかせるだろう。

そういう意味では、かつて秋山駿が、後藤に対して「現在の生存の状態にもっとも接近しようとするところの文学[7]」としたことや、「内向の世代」と言い社会への関心がかけていると批判した小田切秀雄に対して「彼らに欠けているのは、社会への「関心」などではなく、いわゆる「社会」そのものかもしれない。そして、この社会に替えて、何か別のものを捜し、何か別の言葉を求めているからであろう[8]」としたのは的確な批評だった。

『夢かたり』における「わたし」に、現在の自分をあらしめる根拠を確認しうるてだてはない。そこで過去を「夢」と書くほかなく、そういう意味では「内向の世代」をして「ただ知的[9]」とした言葉も、少なくとも『夢かたり』に関しては当てはまると言えるだろう。日常の中でともすると「異郷」の記憶にとらわれ、しかし、その「異郷」を憧憬や郷愁の対象とするのではなく、そこにおける自らの「異邦人性」を思い起こしながら現在の社会における異邦人性と重ね合わせてゆく作業は、「知的」であるほかない。それが可能だったのも、そのような自分を「植民地と帝国」という「社会」の生産物として突き放して眺めたゆえのことなのである。

後藤を「歴史からほうり出された世代、二十世紀の日本の恥辱と哀しみを知っている世代」とする評[10]はそのような後藤をもっともよく理解した言葉と言える。「ほうり出された」身としては、たとえ頭は戦後社会への「同化[11]」を試みていても、すでに植民地での時間の堆積を骨にまで染み付かせている身体は、それを容易には受け入れない。そのことが『夢かたり』のような語り方をさせているのである。物語に原因不明の不条理感覚とともに幻想と滑稽が入り交じるのもまさにそのためにほかならない。社会を突き放した目で描く島田雅彦が、後藤に対して「とっておきの材料を最も凡庸な方法で書いている」とし、「氏が唱える小説の方法論には強く影響された[12]」ともらすのもゆえなしのことではない。同じく引揚げ体験を有する三木卓が「外地引揚派という共通点[13]」に触れながら五木寛之や自分を含める人々のなかで後藤が「もっとも不敵というべき生き方をした」とするのも、おそらくそのようなことを暗示するものだろう。

小田切秀雄は「内向」という概念を使っては[14]大江健三郎などに「イディオムの製作は、ほんとうは批評的な方法としての言葉の創造ではない[15]」と批判されたが、少なくとも「内向」するほかなかった人々の存在を明るみに出したことでは一定の評価を与えるべきである。

引揚げ文学に「旧植民地で生まれ育ったものの感覚」を早くに指摘した植田康夫は後藤明生の『嘘のような日常』に触れながら「故郷喪失の感覚」を指摘し、「根なし草の感覚で戦後を生きるほかなかった一家がついに戦後という時間にも根つけず、その時間を「嘘のような日常」として認識せざるを得ないという事実を、静かに、そしてたくみな物語の構築によって浮彫りにした作品[16]」としていて、後藤文学の核心をついている。そこに補足するなら、戦後に後藤を捕らえていたのは「故郷喪失」の感覚よりはむしろ、植民地で培われた身体感覚のほうであって、後藤はそれがいまでもなお身体を支配していることに対してあくなき好奇心をいだいていた。それは一人の人間と社会を歴史的産物として眺める視線ゆえのものであり、過去のことを「夢」としたのは、そのような接近を容易にするための装置であった。そこにおける悲しみや恥の感覚が、「文学」として心を打つのはまさにそれゆえのことなのである。

注

（1）朴裕河「後藤明生『夢かたり』論――内破する植民主義」（『日本学報』二〇一一年二月、本書所収）。
（2）後藤明生「後記」『夢かたり』（中央公論社、一九七六）。
（3）漱石もまた「白昼夢」のことを書いていて、『夢かたり』は漱石のテクストを意識しつつ書かれている。
（4）朝鮮人が日本人の一部に対してそのような呼称を使っていたのは、植民地の日本人を区別していたことを示すものと思われる。先に触れた「山口」の母に対する視線とはあきらかに違うものだったはずだ。
（5）「永興神社は曽祖父が建てた」と説明される。当然後藤としては愛着の沸く神社であり、山であったはずだ。
（6）後藤は父親を自ら埋めたことを何度か書いている。そこでは花の団子を食べたことを「父を食べた」こととして書いているのに反して、ここではかなり押さえられた書き方をしているといえるだろう。
（7）秋山駿「後藤明生『挾み撃ち』――内向の世代の文学とは何か」「朝日ジャーナル」16（5）、一九七四年二月八日。
（8）秋山駿「新世代の作家たち――内向の世代について」『国文学 解釈と鑑賞』一九七三年五月。
（9）秋山駿「内向の世代の生の約束――小川国夫と古井由吉」『国文学 解釈と鑑賞』一九七七年三月。
（10）坂上弘「思い出す事」『群像』一九九九年一〇月。
（11）本田靖春「日本の〝カミュ〟たち――「引揚げ体験」から作家たちは生れた」『諸君！』一九七九年七月。
（12）島田雅彦「後藤明生をどう弔うか」『群像』一九九九年一〇月。
（13）三木卓「不敵でタフな生――後藤明生さんを偲ぶ」『すばる』一九九九年一〇月。
（14）小田切秀雄「内向の世代」――根拠と打開と」『早稲田文学』一九七六年七月。
（15）大江健三郎「現代文学研究者になにを望むか」『海』一九七七年二月。
（16）植田康夫「書評クリニック――マスコミ書評の評による新刊案内」『諸君！』一九七九年三月。

戦後思想と植民地支配[1]
――まとめにかえて

1　戦争の記憶、支配の忘却

日本の戦後思想の数々の成果は目覚しいものがあります。たとえばもう九年前にまとめられた『戦後思想の名著50』（平凡社、二〇〇六年）はその一つの提示と言っていいでしょう。そこにおける数々の試みと成果は、西欧の国々の戦後思想と比べても引けを取らない素晴らしいものと考えます。

実はわたしは大学院で柄谷行人や上野千鶴子などの現代思想に接し、たくさんのことを学んだ世代です。しかし、日本での留学後帰国した韓国は、田麗玉の『日本はない』（一九九三）などナショナリズムをあおる本が大ベストセラーになるような状況で、戦後日本や現代日本は本格的に知られる前に否定されようとした時代の中にありました。そこでわたしは、日本の知識人について知ってもらうべく、大江健三郎や柄谷行人を翻訳することにしました。そして、一九九七年、韓国では現代日本の知識人のものとしては初めてと言っていい翻訳『日本近代文学の起源』を出しました。幸い、その翻訳は広く受け入れられ、二〇〇〇年代以降、柄谷は韓国文学界やアカデミズム全般に影響を与える重要な人物となりました。今では柄谷著作集が出るほどになっています。一部で批判も出始めていますが、それだけ受容されているということと考えていいかと思っています。

わたしは二〇〇五年に出した『和解のために――教科書・慰安婦・靖国・独島』[2]の中で戦後日本を高く評価しました。それは、そうした現代知性を育てた日本への信頼があったからにほかなりません。もちろん戦後日本の限界や問題を知らないわけではないので、手放しに評価したわけではありません。しかし、韓国では、二〇〇一年に教科書問題が起きて、日本の市民運動が「新しい教科書」の採用を〇・〇四三パーセントに抑えるような結果を見て初めて、日本は一つではなく左翼と右翼がいることが広く認知されました。それほどまでに、戦後日本のことは知られていなかったのです。そして、戦後思想はもとより、現代思想も知られることはありませんでした。そこで、一般人向けの本でもあったので、戦後日本の成り立ちを説明しつつ信頼を呼びかけたのです。しかし、残念ながら、いまだに戦後日本への総体的な理解が根付いているとは言えません。特にここ二十年間、慰安婦や竹島（独島）が問題となって以来、「謝罪しない日本」「変わらない日本」といった日本観のみが広く流通するようになります。そして、『和解のために』を批判した在日を含む日本の一部の知識人から、わたしは「戦後を知らない」といわれました。しかしそれは発信主体と受容主体の問題を考慮しないゆえの批判とわたしは考えています。つまり、知識人の思考への批判と、国民一般への接近や評価の仕方は異なっていていいと考えるのです。

とはいえ、その一方で、戦後思想は、〈戦争〉を考えるほどには〈帝国〉や〈植民地支配〉について考えてこなかったのは事実です。つまり、「反戦」を考えるほどには「反支配」について考えてこなかった、というのが今日の報告で話したいことです。戦争の悲惨さについて考え、戦争に突入した近代日本について考察したほどには、植民地支配への欲望を内在化した近代日本について、戦後思想は考えてこなかったように思うのです。一九九〇年代にいわゆる慰安婦問題が起こり、日本の知識人・市民たちがそのことを衝撃をもって迎えたのは、その結果ともいえます。さらにいえば、慰安婦問題から始まった日韓の歴史認識論争が、二〇一五年の現在まで続き、二十年以上も現代日本において植民地支配をめぐる考え方、いわゆる〈歴史認識〉をめぐる激しい衝突がありつづけているのも、まさにその結果と考えます。

わたしはそうしたことに、拙著『和解のために』や『帝国の慰安婦』[3]への批判や〈引揚げ〉について考える中であらためて気づきました。そこで今日はそうしたことを中心に話しますが、まずは引揚げ者の概略を簡単に話しておきます。

2　棄民から「記憶」の棄民へ

近代日本は、日本の外に人々を出すことに尽力してきました。それは〝国が狭い〟〝人口が多い〟といった、国策的キャッチフレーズとともに行われましたが、最初は純粋に貧困に起因し、〈生きるため〉の移民で南米やハワイなどを対象にしていました。その移住先をアジアに向けるようになったのは、日清戦争・日露戦争、そして満州事変・日中戦争などの戦争とそれによる占領地獲得と歩調を合わせてのものでした。特に日清戦争と日露戦争によって得た植民地である台湾と朝鮮には、早くから多くの人が移住しました。つまり、日本は戦争の前後に、兵士だけを送り出したわけではなく、多くの民間人も外に出していたのです。

そうした外地の日本人の数は、敗戦当時、三〇〇万人を越えました。そこで、敗戦になったとき、兵士を合わせれば六五〇万人もの人々がいっぺんに日本に帰ってこなければならない事態が生じました。敗戦後数年にわたって、いわゆる〈引揚げ〉が行われたのです。

一九四五年八月九日、ソ連軍が突然参戦したため、特にいわゆる〈満州国〉地域と北朝鮮は多くの悲惨な状況に立たされました。場所によっては集団自決までもがあり、生き残った人たちは、ともかくも故国〈日本〉に帰るべく南を目指しました。しかし、厳しい環境の中、特に満州といわれた中国の一部の地域と、北朝鮮居住の人々は、病気、寒さ、飢えなどに苦しめられて多くの人々が命を落としました。三八度線の南の地域にはアメリカが進駐し、日本人を保護・収容して帰国に協力しましたが、満州と北朝鮮に進駐したソ連はそうはしなかったので、多くの犠牲者が出ました。朝鮮人の家で仕事をもらっていた人も多くいたようです。

しかし、こうしたことは戦後日本では長いあいだ顧みられませんでした。もっとも、敗戦後三十年、五十年と、節目の際、当事者たちを中心に、記念碑・記念館作りや文集作りなどが行われましたが、そうしたことが社会的に話題になることはありませんでした。近年、ようやく引揚げ研究は本格的に始まっていて、メディアも関心を示すようになったところです。敗戦後すぐに手記（『流れる星は生きている』）を公刊してベストセラー作家となった藤原ていや、そのほか出版されていた手記を除けば、のちに作家になった人たちさえも、長い間沈黙を守ってきた人がほとんどです。

たとえば作家五木寛之は十三歳のときに朝鮮半島の平壌で敗戦を迎え、ソ連軍に家に土足で入られ、裸の父親の屈辱を目の当たりにしました。その後、病気の母親をリヤカーに乗せて雨の中を歩き、亡くなった母親を自分でタライに入れて洗った体験をした人です。死んでゆく人々を焼くために「焼き日ですよ」との声とともに聞こえてきたバケツの音が、長いあいだ五木にはトラウマを呼び起こす音となっていました。しかも敗戦後の体験が原因となって、生涯父親と不和の仲となりました。しかしそうした体験を語るまでには、五十年以上の歳月を要しました。

作家のみならず、山田洋次、森繁久彌などの文化人など、引揚げ者たちの中には戦後日本の様々な分野で活躍した人が多くいます。しかし彼らの出身地の意味が注目され、その意味が問われたことは、すくなくとも公にはいまだありません。

引揚げ者の中には戦後文学の一翼を担った人がたくさんいました。わたしはそのことに注目して彼らの生産した文学を〈引揚げ文学〉と命名してみました[4]。というのも、近代文学研究のどこにも、そうした作家群がいることに注目した形跡が見えなかったからです。〈引揚げ〉のことが注目される場合でも、戦争の悲惨さを語るためにしか語られないことが多く（舞鶴引揚記念館など）、戦争の目的でもあった、他国への政治経済的影響力の掌握のための〈帝国作り〉、すなわち支配の本質とむすびつけて考える試みはあまり見られません。

わたしはそうした引揚げ者たちの多くが、最初の移住者たちがそうだったように、エリートを除けば日本の中に生きる場所を見出せなかった棄民たちであることを指摘しました。[5]しかも、突然の敗戦で無一文で帰ってきた引揚げ者たちは、戦後日本でもお荷物扱いをされ、多くは差別と排除に会い、忘却されました。いわば、最初の棄民に続いて、戦後において〈記憶の棄民〉になっていたのです。その結果、彼らの中には〈戦後日本〉の体質を疑い、日本社会から〝降りて〟(日野啓三)思索した人々も出てきました。自らが経験した〈植民者〉としてのポジションについて深く考え始めたのも、ほかならぬ引揚げ者たちだったのです。もっともそれはごく一部で、多くはあくまでも戦争体験として記憶し、被害者としての自己認識のみを持っています。

引揚げ者たちは、数十年間にわたる支配体験を忘れ、多民族国家を形成していた時代を忘れ、あたかも近代以降ずっと単一民族国家だったかのような幻想を抱いていた戦後日本を突く言葉を、たくさん残しました。それは、彼ら自身が身につけた異邦人感覚・混交的な文化への記憶を呼び覚ますことでもあり、日本を離れないで済んだ、定住者中心の単一民族国家幻想の虚構をあばくものでもありました。

3　忘却への警告

たとえば後藤明生は、戦後日本は、過去の経験を生かしての〝化学的変化〟を起こすべきだったと指摘しています。それは、数十年間にわたる〈植民地・占領地〉体験を、戦後日本にも生かすべきだったということです。しかし、戦後日本では引揚げ者たちが持ってきた餃子や明太子など食べ物は楽しみながら、その起源は忘れてきたのです。それと同時に、中国や朝鮮半島に多くの混血児と残された日本人たちがいることも忘れてしまいました。中国残留孤児の話はすでに戦後日本でも認知されていますが、北朝鮮にも同じようなことが起こっていたことが、いくつかの手記や作品からわかります。彼らは、中国残留孤児がそうだったように朝鮮人として育っているはずです。韓国に残った内鮮一体結婚が産み落とした混血児のなかには、後に泣く泣くベトナム戦争にでかけた人もいました。もちろん今でも彼らの子孫は韓国の中に生きているはずですが、声をあげてはいません。

後藤明生は北朝鮮で生まれ育って、五木同様十三歳のときに敗戦を経験していますが、安部公房がそうだったように、作品がその出身地との関連で語られることはほとんどありませんでした。もっとも後藤は、それなりの名声を得ましたが、詩人の村松武司などはほとんど忘れられたままです。しかし、朝鮮で生まれ二十歳で敗戦を迎えて引揚げてきた村松は、支配とはなんだったのかを誰にもまして熾烈に、深く考え続けた人です。

彼はいくつかの詩集と評論集を残していますが、『朝鮮植民者』(三省堂ブックス、一九七二)は、祖父の代からの生活や当時の状況に加えて少年時代に見聞きしたものを書き記しているエッセイです。

だから植民者はみずから支配を続けてゆくあいだに、貧困や悲惨を発見しても、それが植民地支配によるものであることを疑うこともなく過ごしてゆける。そればかりではない。この悲惨は、しかし、たいしたものではない、われわれがやってくる前のほうが、もっと悲惨だった、不満足ではあるが、よくなったのだ、と考えるようになる。

こうして植民者は、悲惨を発見しても、革命的になることはあり得ない。当然のことではないか。（五五頁）

村松は、「植民地における歴史は、現在の時点で定着しておかないと消えてしまうであろう。まして消したく思うような歴史なのかもしれないから、消滅は早い」（二四一頁）と考えました。それが、彼が書いた理由です。そして実際に戦後日本は、村松が憂慮したように、植民地支配体験のことを忘却のかなたへ葬り去りました。

そうした中で村松は、「浦尾文蔵は昭和三七年に死んだ。次に二代目植民者も、三代目植民者も死ぬ。植民者が絶える。彼らの口は金輪際ひらかぬ。ただ、植民主義的な国家体制だけが生き残るとしたらどうなるのか。そのためにも、どのような稚拙な歴史書、体験記であろうと、書き残しておかねばならないではないか」（二四一頁）と記して、記憶の風化に抗っていたのです。

わたしは日本にいて、いまだに植民者であることを告白する。なぜならば、植民主義者として巻きこみ、道づれにして断罪しなければならないものが、一般の日本人のなかに存在する。わたしが口を拭えば、彼らも口を拭うであろう。それを許すべきではない。（二四二頁）

しかし村松武司の書き残したものが重要なのは、実は植民者を一様の加害者としてしまって、知ったつもりになることの問題も、教えてくれるからです。

たとえば、人の庭に咲き乱れているコスモスを「わけてくださいませんか?」と云ってきた青年に「ばかやろう!」と怒鳴り「きさまなんかにやるために植えた花と思うか」と怒鳴る友人を見ながらの思いを、村松は次のように記しています。

わたしは息をのんだ。ぼくならばYのように怒鳴らない、いや怒鳴れはしない――そう思った。この気持を説明するならば、日本人が朝鮮人を怒鳴るようにわたしは怒鳴れないことがわかった、ということだ。Yに抗議すべきだった。(中略)わたしは日本から朝鮮に来たばかりの一代目の植民者を怖れた。わたしは三代目であり、日本を知らない。つまり〝支配者〟となり得ない自分を恥じたのである。(中略)

わたしは自分のなかに、初代的な英雄像をねがう心と、それを怖れる心が、共に生きているのを自覚した。そして、Y親子ともちがう、同じく植民者でありながら、祖国から切りはなされたわたしが虚空に描くひとつの文化圏が存在しなければならぬ、と考えるようになった。(五〇―五一頁)

「植民者」は、決して一様ではありません。しかし支配の記憶自体を急いで忘れてきたがために、戦後日本は〈支配〉について考える機会をもたずにきました。支配者の多層的な心の揺れやポジシヨン、そうした存在自体を忘れることで、戦後日本は帝国日本を考察することができなくなっていたのです。そこで、自分たちを単なる支配者、単なる加害者、あるいは恩恵を施す者と捉えるような、きわめて単純な自己認識が根付くようになったのです。それは、こうした揺れを認知しなかったがためのことでもあり、戦後日本が、帰ってきた彼らの存在自体を無視したまま、移住しないで済んだ定住者たち中心に構築されてきた社会だったからでもあるのでしょう。〈国民主義〉の思考から出発した丸山眞男も戦後思想も、膨張した帝国や多民族・混血の歳月を忘却し、純粋な国民幻想をもとにした、定住者の思想だったといわざるを得ません。しかも引揚げの際、女子供の命の管理者は男性だったのですが、帝国も国家も、家父長制に支えられていたことに気づいてはいなかったように見えます。

村松より少し遅れて一九二七年に生まれた小林勝は、韓国の地方都市に生まれ、やはりまだ子供だったにもかかわらず、植民地の様々な風景を描いています。小林の場合、特に注目したいのは、土地や家を奪われる人など、貧乏な朝鮮人家族そのものを細密に描いていることです。

腹がへったよ、と少年は言った。
この言葉はもう習慣なのであり、言った方も、耳にした方も、それははじめからないのと同じだった。お天気だね、雨がふっているね、それと同じくらい確かでありながら、だからどうなるものでもなかった。(『小林勝作品4』白川書院、一九七六年、二五七頁)

彼は必要とあればいくらでも嘘をつくが、無闇やたらに嘘をつく気はない。しかし、山へ行け、と母が言って、彼が、うん、といっても決してそうはしないだろう。第一、近くの山には、もう食えるものはない。木の皮もはがされ、木や草の根も掘られ、とっくの昔にすべて部落の人々の胃袋へはいってしまったからである。（同、二五八頁）

母親の姿が見えないのは何時ものことで不思議ではなかったが、少年は赤ん坊がいないのに気付いた。赤ん坊は頭ばかり大きくてやせていたが、泣く力もなくて、いつも温突にじっとねているのだった。（中略）

——今夜はみんなに粟のおかゆをたべさせてやるよ、と母親は夫を見ないようにして言った。父親はねがえりをうって壁の方を向いて身動きもしなくなった（中略）。

少年はそれらすべてを理解したが、だからといってどれほども心は動かなかった。赤ん坊なんていずれ遠からず死ぬだろうし、彼にとってはすでに死んだも同然だったのだ。（同、二六六—二六七頁）

小林は植民地の、一九三〇年代後半と思われる時代の飢えを描きました。それは戦争中であろうがなかろうが、帝国の植民地統治が、決して成功してはいないことを示しています。それは、資本主義的欲望に支えられた帝国主義の終焉を見せつけるものでもありました。

さらに、梶山季之は、次のように、それこそいわゆる歴史史料には出てこないような、目立たない差別の情景をも描いています。

> その日、朝鮮総督府前の広場には、小学生を除く全京城の学生が校旗を先頭に整列していた。
> （中略）
> 壇上に現われた南朝鮮総督に対し「捧ゲ銃（つつ）」の号令がかかったとき、僕は日鮮の間に見事に劃（かく）された差別待遇の姿をまじまじと眺めた。僕たちが手にしていたのは、黝（くろず）んだ重い鉄の膚を持つ三八式歩兵銃か、悪いといっても騎兵銃か村田銃であるのに、隣りの列の朝鮮人中学生が捧げ持っていたのは、先にタンポのついた木銃ばかりなのだ。
> この鉄と木とで構成された捧ゲ銃は、頗る（すこぶる）滑稽であった。僕たちの間からは、忍び笑いの色があった。そして彼等は皆恥ずかしそうに肩を落としていた。（「性欲のある風景」『族譜・李朝残影』岩波現代文庫、二〇〇七年、二〇〇―二〇一頁）

こうした場面が注目に値するのは、拷問や虐殺のようなどちらかというと少数ではない、多数が経験したであろうこうした〈支配〉の本質が見事に描かれているからです。そして、こうした隠微な場面こそが、元宗主国と元植民地が共有し記憶すべき情況だからです。しかし戦後日本と解放後韓国は、こうした場面をともに忘れてきました。

植民地の側においてもこうした場面が重要なのは、そこには単なる差別ばかりでなくそのような差別を被植民者がどのように受け止めたかもまた描かれているからです。彼らは与えられた事態を

「恥ずかしそうに」受け止めています。朝鮮の人たちに偽の銃が与えられたのは「暴動」（同、二〇一頁）を憂慮してのことであって、後に朝鮮の人たちも徴兵の対象になり〈帝国軍人〉となって日本人と一緒に戦うことになりますが、この「恥ずかしそうに」といった一言がじつに多くのことを示唆しています。つまり、彼らの多くにとってそれは単に恥ずかしいこと、つまり男として、一人前に待遇されないことへの恥ずかしさとして受け止められたのであって、そうした心境は、後に彼らが徴兵をどのように受け止めることになるのかまで示唆しているのです。それは、宗主国による植民地の動員の本質をも示しています。つまり、単に受動的に〈強制的につれていかれた〉という言説や、単なる国家による国民動員といった男性中心主義的言説の問題を暴いて示しているのです。

梶山はこの作品の後半で京城の慰安所に並ぶ少年航空兵を登場させています。それは、あたかも植民地を対象とした最後の陵辱であるかのようにさえ見えます。よく知られているように、植民地と帝国の関係は、多くの場合、支配者を男性に、被支配者を女性に表象します。一見、八月一五日朝の一人の中学生のたわいのない、性への関心を扱っているように見えながら、そうした帝国・植民地の関係の最後の日の風景を示していたのです。せきたてられるように（女の）征服に向かい、その後市内の映画館に突撃するような幼い支配者を、そのようにせきたてる帝国・国家の残酷さを。

4　当事者の忘却と定住者中心主義

引揚げ者の多くはもとの故郷に戻れず、引揚げ後にもまた〈開拓〉にあてがわれることになります。そこで、牧場や農場を開くことになった人々も多くありました。そして失われた財産を取り戻すべく、政府相手に運動も始めます。しかし、朝鮮半島から戻ってきた人に関していえば、一九六五年の日韓条約の際、個人財産の請求権は放棄され、政府から代わりになる金額を支給されることになります。しかしそのときも、彼らのことが社会的に注目されたようには見えません。財産を失い、不遇な思いをした朝鮮などに対して、どのような思いで戦後〈民主主義〉を生きてきたのかについても、研究はありませんでした。

そして戦後思想は、そうしたことには総じて無関心だったように見えます。それは当事者たちの忘却に加えて定住者の忘却がみちびいたことですが、敗戦が強者であるアメリカや中国への敗北を意味するものだったとすれば、引揚げは、弱者たちへの敗北を意味するものだったからといえるかもしれません。引揚げにともなう羞恥と屈辱は、あきらかに敗戦にともなう羞恥と屈辱とはその質が異なります。

冷戦崩壊後、ポストコロニアリズムの動きとともに、植民地支配をめぐる議論は多くありました。しかし、それらの議論の多くが、単なる肯定・美化か、たんなる反省・謝罪の議論の枠のなかにあるものとなってしまったのは、こうした過程の結果と考えられます。

そうした状況は、さきにふれた、慰安婦問題をめぐる議論にも象徴的に現れています。そこでは、当事者中心であるようで、実際のところ当事者抜きの議論が少なく、当事者たちの、帝国にまみれた、汚染された〈複雑な身体〉は省みられませんでした。

解放・敗戦五十年間、植民地支配をめぐる国民的議論、知識人の議論が活発でなかったのは、ソ連・アメリカ主導の冷戦体制のゆえでもあります。帝国国家のみならず、元植民地の側も植民地時代の当事者たちの記憶を忘却してきたのは、同じく冷戦体制に組み込まれたからにほかなりません。戦後日本・解放後朝鮮は、それぞれの関係から解放されながらも、ともに冷戦帝国体制の下にいたことになります。しかも日韓の葛藤のもとになっている慰安婦問題や領土問題がアメリカと無関係でありえないことも、いまだに十分には可視化されていません。今年（二〇一五年）を〈戦後〉七十年と呼ぶのはそうした意味では正しい認識といえるでしょう。

九〇年代以降の歴史認識論争において、日韓も左右も合意しうる答えが出ていないのは、戦前の〈帝国〉の重層性が忘却のもとに単純化されたがゆえのことと考えます。そして、十分な考察のないままの否認とひたすらの謝罪の言説のみが対立しあい、国民の思考を単純化させ、忘却が生み出した観念的思考以外は抑圧するにいたっています。なによりも、〈反戦〉ほどには〈反支配〉の思考が国民の間に定着していないことは、戦後思想の限界といわざるをえません。戦後思想は受け継ぐべき資産であるに違いありませんが、同時に、女性や混血、辺境が排除された〈均一な国民国家〉の想像のもとに思考されてきた蓄積物であることも事実です。被支配者さえもが〈近代国家〉

をいまだに夢見、私が少しでも被支配者の家父長制を指摘すると被支配側の男性たちは反発し、支配者の男性の一部は喜ぶといったような、ねじれた状況もそこから生まれています。

そういう意味で、忘却された〈帝国〉と〈支配〉の記憶について考察しはじめたとき、戦後の帝国であるアメリカの外側から考える思考にもなるという二重の意味で、〈戦後思想〉が〈帝国後思想〉になる可能性が見えてくるように思えるのです。

注

(1) この論考は二〇一五年七月一八―一九日に日仏会館にて開かれたシンポジウム「戦後思想の光と影」での報告をもとに修正、補完したものである。また、ここには以前韓国や日本で発表した論文で示した認識の一部が含まれている。

(2) 佐藤久訳、平凡社、二〇〇六年。平凡社ライブラリー版、二〇一一年。

(3) 朴裕河『帝国の慰安婦――植民地支配と記憶の闘い』朝日新聞出版、二〇一四年。

(4) 朴裕河「おきざりにされた植民地・帝国後体験――引揚げ文学論序論」、伊豫谷登士翁・平田由美編『「帰郷」の物語／「移動」の語り――戦後日本におけるポストコロニアルの想像力』平凡社、二〇一四年、本書所収。

(5) 朴裕河「引揚げと戦後日本の定住者主義」、『韓国日本学報』二〇一二年一一月。

あとがき――新たなポストコロニアルへ

引揚げのことを知ったのはずいぶん前のことである。多くの人がそうであるように『流れる星は生きている』が、確か初めての出会いだった。しかし、学部の時のことだったから、その後長い間、引揚げのことは忘れていた。

「引揚げ」という事態を改めて深く認識させられたのは、二〇〇〇年代はじめ頃、あるシンポジウムでの成田龍一さんの報告によってであったように思う。成田さんは『流れる星は生きている』の映画を使いながら、そこに深く根ざしている家族主義を批判されていた。そして成田さんの報告が収められた二〇〇三年秋の『思想』（岩波書店）の特集で、私は李恢成の移動物語といえるある作品への違和感を分析した。その問題意識は在日社会の家父長制批判につながっていくことになるが、そうしたわたしの試みは以後在日知識人の一部からの批判を受けることになり、現在にまで続いている。

というわけで、わたしの「移動」への関心は、移動させられる人々への関心とともに、そうした移動物語が一種の権力になっていくことへの批判の両方を行き来しながら続いて来た。

この間、『和解のために』『ナショナル・アイデンティティとジェンダー――漱石・文学・近代』

『帝国の慰安婦』と、引揚げとは関係ない本を出してきたが、『ナショナル・アイデンティティとジェンダー』にさえ、他者と出会う体験をさせる「移動」への関心が底辺にあった。ここ十年余の歳月は、まさに移動への関心とともにあったのである。特に『帝国の慰安婦』は、住み慣れた場所を離れることを余儀なくされ、「移動」させられる女性たちのことを書いたつもりである。

引揚げそのものをふたたび強く意識させられたのは二〇〇七年である。二〇〇五年に韓国で翻訳出版されていた『竹林はるか遠く』（韓国題名、ヨウコ物語）が刊行後数年経って在米アメリカ系韓国人たちによって激しく非難され、出版禁止に追い込まれたことによる。

その夏、私は二〇〇四年から対話を続けて来た「日韓連帯21」のメンバーたちと相談して、その年のシンポジウムテーマを「加害と被害の記憶を超えて」にした。そしてこの作品や周辺のことについてアメリカ、日本、韓国の研究者たちに論じてもらった（『東アジア歴史認識論争のメタヒストリー』青弓社、二〇〇八に収録）。

最初の引揚げ文学論を書いたのは二〇〇八年で、戦後における「忘却」を指摘したのは二〇〇九年である。それと前後して、本書で引用した文献以外にも優れた引揚げ研究が次々と出ている。しかし、今回本書をまとめるにあたってそれらを新たに参照し追加することはしなかった。浅野豊美、蘭信三、外村大さんなどの研究を、近年の優れた成果としてここに記しておきたい。引揚げ者＝植民者をめぐるこうした考察と研究が、従来のポストコロニアリズムをより豊かなポスト・ポストコロニアリズムへ導いてくれるものと確信している。

近年はテレビや新聞でも引揚げのことがよく取り上げられるようになっている。本書でも触れた舞鶴引揚記念館の資料が世界遺産に登録されたとも聞く。引揚げに関する研究や社会的な関心は、戦後七〇年を境に本格的になったと言えるのかもしれない。

慰安婦問題が日韓の人々を震撼させたのは二五年前だった。思えば元慰安婦の証言集にも引揚げをめぐる話がいくつも残されていた。なのに、そのことに気づくのが私自身遅すぎた。それでも、複雑に絡みあった過去の片鱗にようやく光があてられるようになっていることを嬉しく思っている。

関心を持ち続けた時間が長かったにしては、講演文を注釈なしに載せるなど、本書はあまりにも貧弱な本でしかない。しかし、書ききれていないことをさらに書いて行くためにも、ひとまずこの辺でまとめる必要が自分の中にはあった。引揚げも、言うまでもなく慰安婦問題同様、生存者の方々たちがいらっしゃる問題であり、今に生きている歴史問題である。そういう意味でも序論的な思索はこの辺で終え、できるだけ早く次の考察へと進みたいと思っていたところへ、人文書院の松岡さんが声をかけて下さった。自分からはなかなかまとめることができないたちで、そういう意味でも心からの感謝の言葉をおくりたい。さらに、この間の十年近くを、「移動」をめぐる研究プロジェクトに加わらせていただいたのは幸運なことだった（伊豫谷登志翁・平田由美編『「帰郷」の物語／「移動」の語り』平凡社、二〇一四）。経済学者や医学者など、専門の異なる優れた研究者たちとの対話が、ここに収められた原稿の背後にある。その方たちにも深く感謝したい。

また、日本比較文学会でのシンポジウムを企画してくださった西成彦さんのおかげで、西さんをはじめ何人かの比較文学者の方々と議論できたのも大きな収穫だった。西さんにも記して感謝をおくりたい。その他日本での報告や原稿発表の機会を与えてくださった方々のおかげでこの小さな本は出来上がった。

本書で論じた作家についてわたしはほとんど高く評価した。しかし、くだんの『竹林はるか遠く』に関しては、二〇一四年夏立命館大学で報告の機会を得て批判的な見解を示したことがある。その詳細を形にするのははまたの機会に譲りたいが、当然ながら引揚げ文学全体を高く評価しているわけではない。

朝鮮出身の森崎和江のテキストは、元植民地において加害者と被害者であった人たちが、七〇年代には今とは異なるレベルの対話をしていたことを教えてくれた。歴史は、ともすると観念化する。そのことを具体的に発見できたのは収穫だった。

言うまでもなく、引揚げ文学、あるいは在日文学全体を一様に評価することはできない。しかし、その可能性とともに限界をみつめることが、植民地支配や帝国主義のいまだ見えなかった部分をより精密に見とどけさせてくれるものと確信している。そして、文学としての評価とは別に、そのひとつひとつがそれぞれの内なる思いを覗かせてくれるという点で、読む価値があるとのみここに書き記しておきたい。そのことは、読む人のなかに、東アジアの現在を示しつつ、未来を構想させてくれるはずだ。

韓国では、今のところ日本人の引揚げのことは全く意識されていない。しかし、学生たちと引揚げ文学を読むと、彼／彼女たちの中で何かが変わるのを見ることが常にできた。単なる被害物語にとどまらない、優れた「言葉」を残してくれた作家たちに、誰よりも感謝の言葉をおくりたい。この小さな本は、そうした作家たちへの「応答」でもある。

移動への関心は、自分自身の留学体験、そしてその時出会った、移動する・した人々がもたらしてくれたのではないかと思っている。いつかそのことも自分の移動物語として書けるかもしれない。

移動とは居場所を失うことであり、新たな居場所を確保するための格闘のことでもある。その現場について考える本書の小さな試みが、植民地・帝国の現場を覗かせてくれることを願ってやまない。そして、閉塞した感のあるポストコロニアリズムの次を展望させてくれる小さな契機になることを。

二〇一六年九月　ソウルにて、第二回目の刑事公判を前に

朴裕河

初出一覧

・「「引揚げ文学」を考える」(『日本近代文学』八七号、二〇一二年一一月)
・「おきざりにされた植民地・帝国後体験」(伊豫谷登士翁・平田由美編『「帰郷」の物語/「移動」の語り』平凡社、二〇一四年)
・「定住者と、落ちていく者と」(『WASEDA RILAS JOURNAL』三号、二〇一五年一〇月)
・「引揚げ・貧困・ジェンダー」(『社会文学』四三号、二〇一六年三月、原題「人間の平和はいかにして可能か」)
・「「交通」の可能性について」(『日本文学』五七巻一一号、二〇〇八年一一月、原題「小林勝と朝鮮」)
・「内破する植民主義」(韓国日本学会『日本学報』八六号、二〇一一年二月、原題「後藤明生『夢かたり』論」)
・「植民地的身体の戦後の日々」(韓国日本学会『日本学報』九〇号、二〇一二年二月、原題「後藤明生『夢かたり』」)
・「戦後思想と植民地支配」(三浦信孝編『戦後思想の光と影』風行社、二〇一六年)

この単行本に収録された論文の一部は韓国研究財団の研究課題 NRF-2010-327-A00409 の支援を受けた。

(This work was supported by the National Foundation of grant funded by the Korea Government (NRF-2010-327-A00409))

人名索引

あ 行

か 行

さ 行

た 行

な 行

著者略歴

朴裕河（パク・ユハ）

1957年、ソウル生まれ。韓国・世宗大学校国際学部教授。慶應義塾大学文学部国文科卒業、早稲田大学大学院文学研究科博士課程修了（日本文学専攻）。主な著作に、『反日ナショナリズムを超えて』（河出書房新社、2005年、日韓文化交流基金賞受賞）、『和解のために　教科書・慰安婦・靖国・独島』（佐藤久訳、平凡社、2006年、大佛次郎論壇賞受賞）、『ナショナル・アイデンティティとジェンダー　漱石・文学・近代』（クレイン、2007年）、『帝国の慰安婦　植民地支配と記憶の闘い』（朝日新聞出版、2014年）など。夏目漱石、大江健三郎、柄谷行人などの作品を翻訳し、韓国に紹介している。

引揚げ文学論序説
——新たなポストコロニアルへ

二〇一六年一一月二〇日　初版第一刷印刷
二〇一六年一一月三〇日　初版第一刷発行

著　者　朴　裕　河
発行者　渡　辺　博　史
発行所　人　文　書　院
〒六一二-八四四七
京都市伏見区竹田西内畑町九
電話　〇七五(六〇三)一三四四
振替　〇一〇〇〇-八-一一〇三

印刷　創栄図書印刷株式会社
製本　坂井製本所
装丁　間村俊一

JIMBUN SHOIN Ptinted in Japan
ISBN978-4-409-16099-2　C1095